チートを作れるのは俺だけ
~無能力だけど世界最強~
三木なずな
イラスト★黒野菜
JN250392
TOブックス

contents

第一章

01.チート奴隷《どれい》、誕生 …… 006

02.チート奴隷はSランク …… 018

03.FランクとDランク …… 029

04.FランクとCランク …… 045

05.FランクとBランク …… 060

06.FランクとAランク …… 071

07.FランクとSランク …… 085

08.奴隷姫にもチートがある …… 100

09.信用の差 …… 113

10.パンデミック …… 125

11.潜入と正面突破 …… 140

12.奴隷とドラゴン …… 151

13.夢見る未来 …… 164

第二章

14.中古ワンルームは事故物件 …… 180

15.助っ人と歌う手 …… 196

16.破局のリサ …… 210

17.ランキング一位と有名税 …… 224

18.賞金首ハード …… 234

19.黒幕との対決 …… 246

20.俺が一番うまく奴隷を扱える …… 262

21.光を超えて …… 273

22.お前の物は俺の物、俺の物も俺の物 …… 290

23.静止した世界の中で …… 300

24.三人の奴隷vs三つの首 …… 311

あとがき …… 326

イラスト:黒野菜
デザイン:安藤竜也(むしデザイン)

第一章

01. チート奴隷《どれい》、誕生

「な、なあ！　俺、じつはお前のことが――」

「ごめんねー、今日はサヨナラをいいに来たの」

「…………え？」

「あたしさ、アイホーンのパーティーに誘われたから、彼と一緒に行くことにしたんだ」

「そんな！　約束したじゃないか、十六歳になったら一緒に旅に出て、世界中をまわって二人でビッグになろうって」

「あははははは、そんなの本気にしてたの？　やめてよー。ハードなんてアイホーンに男として全部負けてるじゃん」

「おとことして……ぜんぶ」

「あたし、奴隷の一人も持てないような甲斐性《かいしょう》なしは趣味じゃないの。その点アイホーンはすごいよ、もう奴隷をもってるもん」

「…………」

「じゃあね、あたしもういくから。あっ、今度帰ってきたときにお土産くらいは買ってくるから、期待しててねー」

その日、俺は幼なじみに振られた。

子供の頃から一緒に育った子を、隣村の金持ちイケメンにとられた。
俺は決意した、甲斐性のある男になって、彼女を見返そうって。
彼女が死ぬほど悔しがるくらい、甲斐性のある男になろうって。
そう思ったのだった。

☆

十六歳になった日、俺、ハード・クワーティーは生まれた村を旅立った。
村の古い風習に、男は奴隷をもってはじめて一人前だ、ってのがある。
もう風化しきったような風習だから、もたなくても何もいわれない。
でも、もっと一目置かれるのは今でも変わらない。
「奴隷持ちは男の甲斐性」なんて言葉があるくらいだ。
だから俺は奴隷を持つ事を夢見てきた。
十六歳になったのをきっかけに村を出て、三日かけて歩いて、プリブの街にきた。
街に入って、何回も下見をした道を通って、ウェッティ奴隷商会にやってきた。
街でも珍しい四階建ての立派な建物、中から立派な身なりをした男が出てくる。
多分客なんだろうな。
大きな建物に金持ちっぽい客。
それだけでここがいかに儲かっているのかが分かる。
深呼吸する。スーハースーハー。

懐に忍ばせてる銀貨袋を確かめる、うん、ほぼ全財産がちゃんとある。

それをしっかり抱きかかえて店の中に入った。

店の中はすごく広いロビーのような作りで、中年男が俺を出迎えた。

「いらっしゃいませ」

「ど、奴隷下さい！」

はじめてだからなんて言ったらいいのか分からなくて「野菜下さい」みたいなノリでいってしまった。

うわー恥ずかしい！　自分でもわかるくらい緊張してるよ恥ずかしいな！

「すみませんお客様、当店の奴隷はたった今売り切れたところでして」

「えええええ⁉」

その恥ずかしさが一瞬でショッキングな事実に吹き飛ばされた。

「先ほど出て行かれたお客様をご覧になられましたか？　あれはココラダ男爵閣下《だんしゃくかっか》の使いの者でして、当店の奴隷全部と、これから仕入れる分百名を予約していったのです」

「ひゃ、百？　じゃあしばらくは……」

「はい、仕入れたとしても、予約数に届くまでココダラ男爵閣下に優先的に納品しなければなりません」

なんてこった。

意気込んでやってきたのに、売り切れなんて。

それも予約まで入れられてしまった後だなんて。

こんなんじゃいつ自分の奴隷を手に入れられるかわからないぞ……。

「旦那様《だんな》」

「うむ？　どうした」

店の奥から若い男が出てきて、最初の男に耳打ちした。

耳打ちしながら、二人は俺をちらっと見た。

二人がうなずき合って、若い男が店の奥にもどって、最初の男がニコニコして俺に言った。

「お客様、あなたは実に運がいい」

「へ？」

「実はたったいま、一人入荷してきました」

「え？　でも予約が――」

「売れた直後に『もう一人だけ納品します』というのは男爵閣下に失礼なので。この子を数日間待たせて一緒に納品するしかありませんが、今なら――今だけ、お客様に特別にお渡し出来ます」

「と、特別に」

店の奥からさっきの男がまた出てきた。

台車を押して、寝てるんだか気を失ってるんだかわからない女の子を運んできた。

身長は大体俺の肩までくらい、ちょっと小柄だ。

この辺では珍しい黒髪のロングヘアー、ちっちゃなお姫様みたいだ。

台車の上で気を失ったように寝てるけど、寝顔も結構可愛い。

「いかがでしょう、この子で」

「い、いくらですか？」

「いくらお持ちで？」

「えっと、リユ銀貨十九枚とイバ銅貨がいっぱい」

それを聞いた瞬間男は眉《まゆ》をひそめた。

え？　だめなのか？

やっぱりこの程度の金じゃ奴隷を買うのに足りないのか？

でもこれが全財産だからなんとかして売ってもらわないと。

「これ――」

「いいでしょう、それでお売りしましょう」

値切りをしようと思ったけど、先にうってくれるっていわれた。

「本当に!?」

「もちろんですとも」

男は頷《うなず》いた。

「へへ、うれない黒髪を押しつけられるんだ、やすいもん――痛っ！」

若い男が何かを言って男に肘鉄《ひじてつ》を食らわされた。

何を言ったのか聞こえなかった、奴隷が手に入るかもってなってものすごく興奮してるから。

「では代金をいただきます」

「あっ、どうぞっ」

「はい、確かに。ではこちらが奴隷の指輪です。これをお客様が奴隷の左手の薬指にはめてあげれば

「契約が完成します。奴隷の指輪はご存じで？」

「ああ」

マジックアイテムの一つ、ご主人様が奴隷の左手の薬指につけると契約が完了して、その奴隷は絶対服従の魔法がかけられる。

これがそうか……。

「今やるんですか？」

「今の方がよろしいでしょう。奴隷の指輪をはめた後は絶対服従の力が働きますが、奴隷になりたくなくて指輪そのものを拒む不届き者もいますからな」

「それにさっさとはめないと返品されちまいます――痛っ！」

若い男がまた何故か肘鉄を食らった。

でもそうだよな、起きてる時に奴隷にするって言ったら抵抗されるかも。

好き好んで奴隷になりたがる子なんていないもんな。

店の人の言うとおり、寝てる時に指輪をはめて絶対服従させてしまった方がいい。

俺は指輪を受け取って、躊躇《ちゅうちょ》なく女の子の左手薬指にはめた。

指輪が一瞬まばゆく光って、部屋の中に光が充満した。

収まった後、店の人がいった。

「これでこの子はお客さんのものです。台車も差し上げますので、どうぞこのままお連れ下さい」

「本当に？　ありがとう！」

いい人だ。っていうかいい店だ。

俺は店の人がサービスでくれた台車ごと彼女を連れて外に出た。

まずは落ち着ける場所を探そう。

☆　ｓｉｄｅ奴隷商人　☆

「処分できてよかったですね、ウェッティさん」

「まったくだ。おい、あれをつれて来たヤツは今後一切敷居をまたがせるな。もちろん買い取りも一切無しだ。まったく、よりにもよって『黒髪』を連れてくるなんて」

「あれですか、やっぱり伝説のチキュウ人かもしれないから、ですか」

「伝説のチキュウ人……数百年に一人現われる、神から授かったちーとで世界を席巻する完璧なる人種――あんなのはただの伝説にすぎんよ。そもそも『ちーと』ってなんだ？　言葉の意味すら分からない」

「じゃあ？」

「黒髪は汚く見えるから客受けが悪いのだよ。お前も黒髪をただでやるって言われたらもらうか？」

「勘弁してもらいたいものですね」

「つまりだ、あんなのを取り扱ったらウェッティ商会の格が落ちる」

「本当、処分できてよかったですね」

「ああ、田舎から出てきたばかりの小僧に押しつけられてよかったよ。二束三文だがただ処分しても金がかかるからな」

「ま、田舎のイモガキに黒髪、お似合いってところですね」

☆　side奴隷商人　終　☆

買ったばかりの奴隷を台車で運んで、街外れにやってきた。

街の中心は二階建てとか三階建ての立派な建物が多かったけど、この辺に来ると平屋ばっかりになって、人気もほとんどない。

奴隷の子を人気のないところに連れ込んでから、台車から降ろしてあげた。

降ろした時にちょっとぶつけてしまって、その衝撃で彼女は目を覚ました。

「いたた……こ、ここは？」

「ここはプリブの街」

「ぷりぶ……？　はっ」

「キミ……じゃなくてお前の名前は？」

村にいるときのくせが出かかった。

呼び方を変える、キミじゃご主人様の威厳が出ないからな。

「沙也香……だけど。プリブって、わたし、いつの間に外国に来ちゃったの？」

女の子はまわりを不安そうに見回す。

どうやら彼女はサヤカって名前で、違う国から売られてきたみたいだ。

うん、黒い髪の子なんて、この辺じゃみないからな。

そりゃ別の国から連れてこられたんだろ。

「まっ、どこの国から来たのかなんてどうでもいいことだよ。キミは……じゃなくて、お前はこれから俺の奴隷として一生過ごすんだから」

「奴隷？　それってどういう意味ですか？」

キョトンと小首を傾《かし》げるサヤカ。

なんだ？　奴隷も分からないのか？

俺はサヤカの左手をとった。

「この指輪が見えるだろ？」

「指輪……あっ」

「これが奴隷の証だ。キミ――お前は俺の奴隷として生涯仕えるんだ」

「……」

「おいどうした？」

サヤカが指輪をみてぼうっとしてるので、強めに呼びかけた。

「ごめんなさい。これ……あなたがつけてくれたんですか？」

「当然だろ、それがご主人様ってものだからな」

「この指に？」

「指輪は左手の薬指、あたりまえだろ？」

そんな事もわからないのか。

「あなたがつけてくれた……指輪、薬指……ドキドキ……」

サヤカは指輪を見つめてぶつぶつ言ったかと思えば、いきなり顔を赤らめてしまった。

なんだ？　なんで奴隷の証をみて顔を赤らめるんだ？

まあいい、それよりもご主人様はまず奴隷が何を出来るのかを把握できなきゃ話にならない。

「サヤカ」

「は、はい！」

ビクン、って体を強ばらせるサヤカ。

俺は「ご主人様口調」を強く意識して、普段と違う喋《しゃべ》り方で聞いた。

「ずばり聞こう、お前は何ができる」

「えっと……家事とか、一通り。すっごいちっちゃいときにピアノとバイオリンのお稽古《けいこ》をさせてもらってました……」

「ぴあの？　ばいおりん？　なんだそれは？」

稽古ってことは、なんかのマイナーな武術か？

って事はこの子、強いのか。

うん、強いのはいい。

俺は強くないから、奴隷が強くて俺を守れるのなら都合がいい。

「あっ」

「どうした？」

「なんか……さっきの夢を思い出しました」

「夢？」

「ちーと？　をあげるから頑張って、って言われたような」

「ちーと？　なんだそれは」

サヤカは首をふった。本人もよく分からないらしい。

まっ、そんな事はどうでもいいか。

とりあえず俺は奴隷を手に入れた。

ぴあの？　と、ばいおりん？　と、ちーと？

それが出来る黒髪の奴隷を手に入れた。

☆

念願の奴隷を手に入れた俺。

これで少しは甲斐性があがったか。

これなら、今度彼女とあったときに見返す事ができるかな。

「あたしも奴隷にして！」

ってなるかな。

……いや、そんなんじゃだめだ、そんなんじゃ足りない。

「あたしも奴隷にして」の後にこう言えるくらいになりたい。

「お前なんかじゃ俺の奴隷にふさわしくない」

初めての奴隷を手に入れて、俺は、目的を自覚したのだった。

02. チート奴隷はSランク

奴隷をゲットした事を自慢する手紙を送ることにした。

あらかじめ用意した手紙と、それを送るための『電書《でんしょ》ハト』を荷物から取り出す。

「わあああ……可愛いひよこちゃんだ。ピヨピヨいってる」

サヤカは目を輝かせる。俺の手のひらの上に乗ってる黄色い電書ハトをみて目をきらきらさせてる。

確かに可愛いのは認める、女の子ってこういう可愛いの好きなのも知ってる。

しかし。

「ひよこ？　これは電書ハトだぞ」

「伝書鳩《でんしょばと》？」

「発音が微妙にちがう。電書ハトだ」

「えっと……ハトなの？」

「電書ハトだ。こうして右手に電書ハト、左手に手紙をもって――」

二つをくっつけるようにした。

アン！♪

男の人のあえぎみたいな声がしたあと、手紙の方が小さい雷に打たれて灰ものこらないほど燃え尽きた。

「えええ？　今のってどういう事ですか？」

「これで手紙を送るんだ」

「手紙？　やっぱり伝書鳩……？　でも今のはペンとパイナップル……」

なんかぶつぶつ言ってるサヤカ。電書ハトなんてみんなもってるようなものに何をそこまで驚いてるんだろ。

☆

腹が減っては戦が出来ぬ。

って事で、仕事を探したいけど、その前に腹ごしらえする事にした。

サヤカを連れたまま街を探索、すると、焼きトリの屋台を見つけた。

串に刺して直火で焼いてるものを、奴隷を買うための資金とは別枠でとっといた銅貨で二本買った。

屋台の横に用意されてる椅子に座って、一本にかじりついて、もう一本をサヤカに渡した。

「ほら、お前も食べろ」

「これはなんですか？」

「アオイトリの皮を焼いたものだ」

「皮⁉　でもすっごい分厚い……厚さだけでも五センチは……皮っていうよりむしろステーキみたい……」

串焼きを見つめてぶつぶつ何かいってるサヤカ。

そんな彼女を眺めつつ更に焼きトリにかぶりつく。

うん！　やっぱりアオイトリの皮は絶品だな。ジューシーで、ほどよいケモノ臭さがくせになるおつな味だ。

俺は美味しく頂いたけど、サヤカは焼きトリを見つめたまま食べようとしない。

なんかおろおろして、まわりをみてる。

「どうした？」

「あの……トイレは……どこ？」

「トイレに行くのか？　だったら――」

もってやる、といいかけてやめた。

奴隷のかわりにものをもってやるなんてご主人様の威厳《いげん》に関わる。

「そうじゃなくて。わたし、トイレじゃないと落ち着いて食べられないの。…………お前はトイレ飯がお似合いだってクラスメートに言われたし」

最後は消え入りそうな声でよく聞き取れなかったけど、トイレじゃないと落ち着いて食べられないまでは聞こえた。

トイレでメシか……。

個人の趣味に口を出すつもりはないけど。

「それは却下だ」

「え？」

「ここで食べろ。俺の隣に立って」

「え？　い、いいの？　隣で食べても」

「ああ」

大きく頷く俺、往来に行き交う人々がこっちを見てる。

俺は座って食う。サヤカは立って食べる。

椅子は余ってる。でもあえてサヤカは立たせる。

うん、この格差がまさにご主人様と奴隷だ。

「隣で、一緒に食べていいんだ……」

サヤカはまだ何かぶつぶつつぶやいたけど、顔を赤らめて串焼きを食べ始める。

いいなこれ。嫌な事を無理矢理やらせる。ご主人様冥利に尽きるってもんだ。

サヤカはちらちら俺をのぞき見しながら焼きトリを食べる。

座りたいのか？　でもダメだ。

「そのままそこで食べてろ」

「うん……」

ますます顔を赤らめて、うつむいて焼きトリを食べる。

「いい人、かも」

なんかぶつぶつ言ってるけど気にしない。

ふっふっふ、これがご主人様ってもんだ。

アオイトリの皮焼きで、俺は腹も心も満足した。

☆

サヤカをつれて、『ラブ&ヘイト』って看板を掲げてるギルドにやってきた。

建物が真ん中から割れてるような感じで、片方が氷をモチーフ、片方は炎をモチーフにしてるっぽい不思議な構造だ。

街の人に場所を聞いて、迷わずここにきた。

というのも、懐に紹介状があるから。

村を出る時に、知恵袋のオレンジさんからギルドで冒険者になるのが一番だって教わった。

仕事は有り余る程あるし、タイミング次第で住み込みとか三食付きの仕事もあるらしい。

ギルドで冒険者になれば、住む所も食べ物も仕事も、まとめて解決するらしい。

だからここにきた。

建物の扉の前に立ち、懐の中を確認。

うん、オレンジさんからもらった紹介状がちゃんとある。

それを確認してから中に入った。

「いらっしゃい!」

俺たちを出迎えたのは三十代の女の人だ。

年甲斐もなくはしゃいでる――じゃなくて、結構明るい性格の女の人っぽい。

彼女はカウンターの向こうに立ってて、ニコニコこっちを見ている。

それとなくギルドの中をみた。

家具とかそういうのはほとんどなくて、女の人がたってるカウンターと、「F」「E」「D」「C」「B」「A」「S」ってそれぞれプレートが掲げられた、張り紙がしてある七つの掲示板があるだけ。

なんの掲示板だろ、と不思議に思いつつも、まずは女の人が待つカウンターの前に移動した。

「えっと、サイレンさん、ですか？」

「うん！　あたしがサイレン・ハートビート。見ての通りここの責任者で夫にまた浮気された女だよ」

「え？　浮気……？」

「今年で六十三回目になるんだよね、浮気されたの。ねえどうしたらいいと思う？」

「いや、そんな事を聞かれても……というか六十三回って一日一回以上のペースじゃないの？」

「うん！　日替わり浮気だね♪」

「違うんだ……サイ、レン。あの女とは一回しか、やってな――ぶごら！」

カウンターの下から手が伸びてきて、男の声で何かを訴えたけど、サイレンさんがそこにいるっぽい男を思いっきり踏みつけた。

変な音がして、男の断末魔（死んでないよね）が聞こえた。

よく見たらサイレンさんの顔に最初から返り血がついてる。

「ぷるぷるぷる……」

俺の背後でサヤカが震えていた。

うん、そりゃ怖いよな。今のは怖いよな。

俺も怖いけどご主人様だから怖がってもいられない。

ちびりそうになるのを我慢して、普通にサイレンさんに話しかけた。

「あの、これ紹介状なんですけど」

「うん？　ありゃりゃ、オレンジさんの知りあいなんだ」

「知りあいっていうか、昔から勉強を教わってたっていうか」

「オレンジさん知識はすごいもんね、うんうん」

サイレンさんは体を乗り出して俺をジロジロみた。

うっ……なんか血の臭いがするぞ……。

「あんた、名前は？」

「ハード・クワーティーです」

「ハードね。ハードは浮気とかする方？」

ぷるぷるぷる。

全力で首を振った。

うんって言ったら殺されそうな気がした。

……というか旦那さんほんと死んでないよね？

「うん、じゃあ仕事を回してあげる」

「ありがとうございます……えっと、ちなみにもし俺がする人だったら？」

「別に何もしないよ？」

「あ、しないんだ。よか――」

「とりあえずおちんちんの三枚おろしをするだけだから」

「それ何もしないって言わない！」

やべぇよやべぇよ、この人やべぇよ。

いや別に俺はやばくないけど。だって浮気はしないし。

「えっと、ちなみに奴隷は浮気枠に入らないよね」

「奴隷？　ああ、あの子ね。うん、奴隷は別に」

けろっと言った。

だよね、奴隷は浮気とかじゃないよね。

なら全然安心だ、だってまだまだ奴隷を増やしたいもん。

「奴隷持ちは男の甲斐性」だっていうしね。

「じゃあとりあえず、力を見せて」

「力？」

サイレンさんは建物の奥から人を呼んできた。

ものすごくでっかい男がでてきた。縦も横も、平均身長の俺の倍はある超デカブツ。

『アリ相撲』の力士なのかな。

男は俺の前に立って、サイレンさんがその横にたった。

「なんでもいいから、こいつを殴って」

「え？」

「力を見せてって言ったでしょ。やり方はなんでもいいからこいつを殴ってみてよ。オレンジさんの紹介だからどんなんでもとりあえずFランクには登録させてあげるけど、やっぱり力を把握しないとどんな仕事を振ればいいのかわからないじゃん」

ニコニコしながら話すサイレンさん。そりゃそうだ。

そうは言うけど、こんなデカブツをどう殴るか。

どんなんでもいいっていわれたけど、どうせならいいところを見せたい。

仕事にも繋がるし。

攻略法が知りたいな……そうだ！

「サヤカ、お前が先にやってみろ」

ご主人様っぽく奴隷に命じた。

「え？　わ、わたし？」

「ああ。ご主人様命令だ。やってみろ」

「わ、わたしには無理です。人を殴るなんて」

「お前なら出来る」

「え？」

「わたしなら……できる？」

「ああ、俺の奴隷だからな」

「わたしなら……できる……」

サヤカは俺とデカブツを交互に見比べた。

「わたし……できる。わたしでも、できる？」

また何かぶつぶついいはじめた。独り言がクセなんだろうか。

「あっ……こういう時にチート、っていうのを使えばいいんだ。うん、なんか出来るかも」

「そうか、じゃあやってみろ」

サヤカはうなずいて、デカブツの前に立って、またぶつぶついう。

作戦はこうだ、まずサヤカに殴らせて、その反応をみて俺がやる。

以上だ。

「えっと……こう、かな。え、えい！」

そして気の抜けたかけ声とともに、だだっ子パンチでデカブツを殴った。ペチッ、って感じのパンチ。

だめだこりゃ、こんなのじゃ何も分からな――。

どかーん！

ものすごい音がして、デカブツが吹っ飛んだ。

縦にぐるぐる回転して、ギルドの建物――掲示板を壁ごとぶちこわしながら吹っ飛んでいく。

「え？」

「え？」

「え？」

「一発までなら……浮気じゃ、ない……ガフッ」

三人の声が綺麗にハモった。変なのも聞こえた気がするけど。

俺も、サイレンさんも、サヤカも驚いていた――なんでサヤカも驚くんだ？

「あっ……指輪が光ってる。もしかして彼に言われた通りにやったから？」

またぶつぶついってる。指輪がどうとか言ってるけど、あんなのご主人様が命令したから光ってるだけだ。

それよりもこの力、すごいぞ。

「すごいな お前」

「す、すごいの？」

「ああ、流石《さすが》俺の奴隷だ。よくやったぞ」

「よくやった……えへへ……」

サヤカは嬉しそうに笑った。

サイレンさんは違う感じで嬉しそうに笑った。

「やるじゃないその子」

「ま、まあな。なんだって俺の奴隷だし」

思わず見栄をはった。

でもいいよな、俺の奴隷なんだから。

うん、奴隷の力はご主人様の力。ご主人様の力はもちろんご主人様の力だ。

「うん、あれなら戦闘はSランク相当だね。頑張って昇進してね、仕事任せたいから」

力を示したおかげで、一瞬で認められた。

03. FランクとDランク

「じゃあちょっと待って、二人を登録するから」

サイレンさんがカウンターの奥に戻っていった。

「サイレン……俺、は……」

「仕事のじゃま♪」

「——ぐえっ！」

カウンターの向こうで旦那さんが何か言おうとしたけど、笑顔でトドメを刺されて断末魔をあげた。

怖いからそっちはみないようにして、サヤカに話しかけて話題をそらす。

「今のはなんだったんだ？」

「今のって？」

「あのでっかいのを吹っ飛ばしたの」

「えっと……」

サヤカは視線をさまよわせる。

自分でも分からない、って顔をしてる。

「その、夢の中の出来事を思い出したんです」

「夢？」

「交通事故にあったと思ったら、なんかふわふわしたところにいて、ふわふわした人に話しかけられて、チートをあげるから頑張って人生やり直してね、っていわれて」

「なるほどわからん」

ふわふわが多すぎるし、コウツウジコも『ちーと』も言葉の意味が分からない。

分かった事は一つだけ。

「今のがその『ちーと』ってやつなのか？」

「うん」

サヤカが『ちーと』ってすごい力をもってる。

そして俺はサヤカのご主人様。つまり俺が命令すれば、その力は実質俺の力も同然だ。

つまり、俺も『ちーと』だ。ちーととやらが何なのか分からないけど。

「あの……ハード、さん？」

「なんだ？」

「気持ち悪くない、ですか？」

「気持ち悪い？　なんで」

「だって、女の子があんな大きい人を殴り飛ばすなんて……」

言ってるうちに徐々にうつむいてってしまうサヤカ。

……？

「全然気持ち悪くないぞ」

「ぜ、全然？」

「ああ全然だ。むしろすごくいいぞ」

「すごくいい……」

「ああ、すごくいいぞ。それよりも、これからもその力を俺だけのために使うんだぞ。いいな」

念押ししなくても奴隷だし、俺の命令なしに使えないようにもできるけど。

ま、一応だ。

「ハードさんだけの？」

「ああ。お前は俺だけのために生きるんだ」

奴隷だからな。

「ハードさんだけの？　それってなんか……プロポーズみたい」

キョトン、そしてポッ。

顔が一瞬で赤くなった。

今までに見た中で一番赤面した。

例によってぶつぶつ言ってて内容は聞き取れなかった。

変な子だな、やっぱり。

そうこうしてるうちにサイレンさんが戻ってきた。

「はい、登録したよ。これが二人のギルドカード」

そういって俺達にそれぞれ名刺サイズのカードを渡した。

顔がプリントされてて、名前が書かれてる。

下にFからSの欄があって、Fのところだけチェックされてて、他は空欄だ。

つまりこれはFランク冒険者のカードって事だ。

「そこでお願いがあるんだけど、出来るだけ早くSランクになって。その力を見込んでSしか任せられない仕事を頼みたいの」

「それはいいけど、どうすればSランクになれるんだ？」

「うちはギルド組合に正式に加盟してるギルドだから、最低でもそれぞれのランクのクエストを一回こなさないとあげられないんだ。今の力をみたから、あたしとしてはすぐにでもあげたいんだけど」

つまり、今はFだからFのクエストを一回やってEに、Eのクエストを一回やってDに——を繰り返してSになるってことか。

えっと……最短で六回か。

「面倒臭いね」

「しかたないよ、それがルールなんだから」

「そ、うだ……ルールはまもる……べき」

「あんたがルール守りなさい♪」

サイレンさんがすっ飛んでいって、カウンター裏の浮気夫《ルール破り》にトドメを刺した。

「こわい……」

俺にぎゅってしがみつくサヤカ。まあ気持ちはわかる。

サイレンさんはトドメを刺した後、返り血まみれで戻ってきた。

「ってことで、お願いできるかな」

「わかった」

頷くと、サイレンさんは壊れた壁の修理に向かった。

俺はサヤカと一緒に残った掲示板を見た。

そういえば思い出す。

Sランクまで最短で六回なら、住み込みの仕事とか探さなくていい。

普通の冒険者はムリだけど、組合に加盟してるギルドでSランクになった冒険者なら、ギルドが保証についてくれて、完全後払いで家をかったり増築出来たり出来るってオレンジさんからきいた。

むしろ前の代金を支払い終えたら勝手に増築してくれるらしい。

金はもちろん後払いでいいっていう、夢のような身分だ。Sランク冒険者は。

六回のクエストでいいんなら、まずはSランクになってから家を買った方が手っ取り早い。

うん、そうしよう。

そう決めて、掲示板をながめた。

Fの中からクエストを選ぼうとする。

「このナナミツ採取でいっか」

「ナナミツ?」

「女王ナナってヤツがいてさ、そいつから採取できるミツがナナミツっていうんだ。すっごく甘くてうまいし、飲むと声が綺麗になって歌がうまくなるらしいんだ」

「ナナミツ……ハチミツと違うんだ……」

またぶつぶつ言ってる。

本当独り言が好きだなあ。

いつもながらぶつぶつ言ってる内容は分からないけど、そうしてる時ってかなり可愛い。

というか相当の美少女だぞ。

長い黒髪がつやつやだ。

頭のてっぺんが輪っかの様に光ってる。天使の輪っかみたいだ。

顔もかわいい。

その辺の姫よりもずっとかわいい。

こんな可愛い子を奴隷に出来たのはラッキーだな。

俺は改めてそう思った。

☆

サヤカを連れて街をでた。

女王ナナは緑が少なくて、岩が多いところを好むって聞いた。

だから岩山にきた。

探して回って、女王ナナを見つけた。

「見つけた、アレだ」

「あれが女王ナナですか？」

「そうだ」

「想像してたのと全然違う……おっきいハムスターみたい」

人間と同じくらいのサイズの女王ナナは、まわりにコロコロ転がってる岩をガジガジかじっていた。

「岩をかじってる……」

「歯がでっぱってるだろ、伸びるらしいんだあれは。だからいつも岩をかじってるんだよ女王ナナは。歯を削るために」

「やっぱりハムスターみたい……」

「さて、ミツを取ろうか」

「どうすればいいの？」

「方法は二つ。一つは思いっきり殴る。そうすればちょっと少ないけどミツがとれる。クエストされた分量的に三回殴ればいいらしい」

「もう一つはなんですか？」

「歌うんだ。歌を聴かせて、ナナが気に入ればミツを出してくれるらしい。こっちは結構大量にとれるから、一回ですむ」

「歌……」

ってことで、一回ですんだ方がもちろんいいから、俺は歌い出した。

村に伝わる童謡だ。

子供の頃から歌ってるから、自信はあるぞ。

女王ナナはこっちをみた。俺の歌を聴いた。

最後まで歌ったけど、女王ナナはミツを出さなかった。

それどころかまわりで一番大きい岩を拾って、ガリッ！　ってかみ砕いた。

その破片を投げつけてきたので、とっさに避けた。

「えっと……もしかして」

「気に入らなかったみたいですね……」

「そんな馬鹿な！　頑張って歌ったんだぞ！」

「ジャイアンみたいだった……」

サヤカがまたぶつぶつ言ってる。

「仕方ない。サヤカ、あいつを殴るんだ」

「え？」

「歌で出せないんだから殴るしかないだろ？　大丈夫、あのデカブツを殴りとばしたくらいのパワーなら多分大量にミツをゲット出来る」

「えっと……ハードさん。わたしも歌……じゃダメですか？」

「サヤカも？」

「はい……」

うつむき加減で、もじもじして俺の顔色をうかがう。

サヤカが歌か。

ま、男が歌うより女の子が歌った方がいい場合もあるかも知れない。

最悪また岩を投げられるだけだし、デメリットはほとんどないか。

「よし、歌ってみろ」

「はい！」

サヤカは女王ナナに向かって歌った。

聞いた事のない歌だった。

それをサヤカが綺麗な声で歌い上げた。

結構いい歌だと思った。

まっ、俺にはかなわないけどな。

「ど、どうですか？」

「どうだ？」

女王ナナはボケーっとしてた。

かと思えば、前足を器用に使って拍手して、目からポロポロと涙をこぼした。

「わわ、なんか泣かれました！」

「感動して目からミツをだしたんだ！」

「え？　じゃあれが？」

「ああ、ナナミツだ」

地面にコロコロ転がるこぶし大の粒。

キラキラしてて綺麗だ。

水滴を固めたような透明でキラキラなこれがナナミツだ。

「ハードさん、思いっきり殴るってさっきいってましたよね」

「ああ」

「そうしたときも目から出るんですか？」

「そうだ」

「痛いから涙が出るんですね……」

またぶつぶつ言ってる。

「そっちは量が少ないけどな。歌って出させた方が量は多いし、質もいいって聞いたことがある」

「うん……そっちの方がイイと思います。絶対に」

感動した女王ナナがどこかに行ってしまった。

そこに残ったナナミツを拾い集める。

ナナミツ採取のクエストよりも遥かに多い量だ、これからクリア間違い無しだ。

☆

ギルドに戻ってきて、サイレンさんにナナミツを渡した。

「うん！　確かにナナミツだ。こんなにとって来る人久しぶりかも」

「そうなの？」

「大抵必要量ギリギリだからね。女王ナナを殴ればミツはとれるけど、反撃されることもおおいから」

「反撃されるんですか!?」

サヤカが驚く。

「そりゃそうだよ。あの前歯で噛《か》まれて大けがする人も少なくないんだよ」

「こわい……」

「じゃあ、ハードのギルドカード出して」

俺はギルドカードを出そうとして――手が止まった。

「どうしたの？」

「いや、サヤカのでお願いします」

「ハードはいいの？」

「ナナミツはサヤカが取ったものだから」

サイレンさんがびっくりした、サヤカも思いっきりびっくりした。

俺は考えた。

俺がSランクになるより、サヤカをSランクにした方がいいって。

奴隷持ちは男の甲斐性。奴隷がすごければすごいほど甲斐性がある。

俺がストレートにSランクになるより、奴隷が——奴隷達がすごい方が俺の甲斐性があるってことになる。

だからサヤカのをあげようとした。

「ひとりじめしないんだ……」

サヤカはまたぶつぶつ言ってた。

サイレンさんは何もいわずにサヤカのギルドカードを受け取って、Eのところにチェックを入れた。

「はい、これでEランクになったよ。早くSランクになってね」

「Sに、なったら……デート——」

カウンターの向こうから弱々しい声でサヤカを口説こうとするサイレンさんの旦那さん。

「黒髪の奴隷まで口説こうとするんじゃないの♪」

あたり前のようにしばかれた。

サヤカは怖がったけど、俺はそれに慣れてくのを感じた。

その証拠にしばかれるのを普通にスルーして、今度はEランクの掲示板を見た。

張り紙が色々あった。

その中に、「ワンチャン一匹を捕縛」ってのがあった。

「これがいいな、『ワンチャン』を捕まえてくるやつ」

「わんちゃんですか？」

「ああ、『ワンチャン』だ」

「わんちゃん……可愛いわんちゃんだといいなあ」

期待の目をするサヤカ。

いや、ワンチャンに可愛いのなんていないからな。

あれは……ブッサイクやぞ。

☆

ワンチャンを捕まえるのは見晴らしのいい草原が最適だ。

っていうのをサイレンさんからアドバイスされて、俺とサヤカは街をでて、近くの草原にやってきた。

既に夕暮れ時、草原は夕焼けに染まっている。

「あの、わんちゃんってここにいるんですか？」

「ああ」

「でも……どこにもいませんよ？」

「もういるじゃん、真後ろに」

「え？」

サヤカはびっくりして、後ろをパッと振り向いた。

その先に小人がいた。

ものすごくぶっさいくな外見で、目つきが悪い小人。

そいつはこっちと目があってから、慌てて体を隠した。

バレバレな隠れ方だ。

尾行したがりだけど、尾行そのものが下手だから見つけるのはすごく簡単。

それがワンチャンだ。

「どこですか？」

「さっきのやつ」

「え？　あの子供みたいなのがわんちゃんですか？」

「そう、ワンチャンだ。旅人の後をつけて、隙《すき》あらばワンチャンを狙って、男も女も苗床にしてしまう。それがワンチャンだ」

「えぇ……わんちゃんって子犬じゃないんだ……」

サヤカはものすごく失望した顔をした。

何を期待したのか知らないけど、残念だったなとしか言いようが無い。

「さて、あいつをを捕まえて戻るか」

「どうするんですか？」

俺は考えた。

捕まえる方法を一生懸命考えた。

「速く動く事は出来るか？」

「え？　えっと……」

サヤカは考えた。

「どうなんでしょ……あっ、そっか、それもチートを使えばいいんだ。たしか身体能力がすごく増強されるって夢の中で言われた……」

サヤカがいつも通りうつむいてブツブツ言った後、顔を上げて言ってきた。

「出来ると思います」

「よし、じゃあ死んだふりするぞ」

「死んだふり？」

「死んでるとか、弱ってるとか。そういうのをみるとあいつがワンチャンあるって思って襲ってくるから、近くまで来たら捕まえるんだ」

「わかりました」

「ぐはっ！　やーらーれーたー」

「や、やられたー、です」

俺とサヤカは死んだふりをした。

その場に倒れて、寝っ転がった。

薄目を開けて様子を見る。
ワンチャンが慎重に近づいてくる。
三歩進んで、二歩下がる。
小石を投げつけてくる、死んだかどうか確認してくる。
色々ヤリながら少しずつ近づいてくる。
もどかしいな、早く来いよ。
そして、五分くらい待って、ようやく手の届くところまで来た。
「いまだサヤカ！」
「はい！」
パッと起き上がるサヤカ。
ワンチャンがびっくりして後退した。
げっ、すごく速い。
後ろ向きに走ってるのに俺が全速力で走るのより倍は速いぞ！
そっか、こんなに速いから捕縛はＦより難しいＥランクのクエストなのか。
逃げられる——と、思っていると。
「えいっ！」
サヤカはそれ以上のスピードでワンチャンを先回りして、捕まえた。
一瞬、元の場所に残像が見えたくらいの超スピードだ。
これもサヤカの「ちーと」なのか？

すげえな、ちーとって。

ワンチャンがじたばたもがくけど、デカブツさえも吹っ飛ばすサヤカの力にはかなわなくて、捕まってなすがままにされた。

☆

ギルドに戻ってきて、サイレンさんに捕縛したワンチャンを引き渡した。

サイレンさんはちょっとだけびっくりした。

「すごいね、まさか今日中に捕まえてくるなんて思わなかった。ワンチャンって、一度逃げちゃうとしばらく姿が見えなくなるから、手間取る人が多いんだよ」

「そうなんだ」

サヤカが逃げられる前に捕まえたからな。

もし逃がしたら――うん、今日中には無理だったな。

街に戻ってくる間にすっかり夜になったしな。

サイレンさんに言われて、サヤカはギルドカードを渡した。

そして、Dのところにチェックが入る。

これでサヤカもEからDランクになった。

今日で言うと、Fから一気にDになった。

今日はもう遅いし、クエスト二つこなした分の報酬《ほうしゅう》があるし、ひとまず宿屋に泊ってやすもう。

あしたもクエストこなそう。

目標は今日と同じ二つ——DからC、そしてCからBランクになることだ。

04. FランクとCランク

『翼の記憶』って名前の宿屋に来た。

中に入って、店の人がでてきた。

「ひぃ！」

サヤカは声をあげて怯えて、俺にしがみついた。

俺もちょっとだけちびりそうになった。

出てきた店の人は男の人で、パッと見ていくつなのか分からない。

なぜ分からないのかというと、顔中——体中もだけど——傷だらけだ。

片目がつぶれて、でっかい傷跡があって。

耳もかけてて、鼻もつぶれてる。

露出した腕も傷だらけ。

普通の人間なら十回は死んでるんじゃないか、ってくらい体中傷だらけでみてて怖かった。

「いらっしゃい、お客さん二人？」

意外な事にものすごく優しい声だった！

傷だらけの男なのに、田舎のおばあちゃんみたいな優しげな音色だった！

「う、うん。二人……だけど」

「怖がらなくても大丈夫。これは若い頃ヤンチャした時の名残だから。今はもうすっぱり足洗ったから」

「ヤンチャって……何したんだろ……」

つぶやくサヤカ、しがみついてるからこれは聞こえた。

同感だ、一体どんなヤンチャをしたらそんな傷だらけになるんだ。

というか普通死んでるよなそんなにきずだらけなら。

「あの頃は不可壊のアンブレって呼ばれてた。今となっては何もかも懐かしいけど」

なんかいきなり昔を懐かしみだした店の人。

独り言からしてアンブレって名前らしい。

このまま付き合ってると名前だけじゃなくていろんな——余計な情報をゲットしてしまいかねないから、さっさと本題を切り出した。

「部屋を二つたのんます」

「おっと、ごめんごめん、お客さんに変なことを言っちゃったね。二つね。別々でいいの？」

「ああ」

「いいんですか？」

なぜかサヤカが驚いてる。

「ああ」

「本当……に？」

もう一回頷いた。

なんでそんなに念押しで聞くんだ？

金の心配……なのか？

「一人部屋……わたしにも一人部屋……夢の一人部屋」

まーたブツブツ言ってる。

かと、思いきや。

俺をちらっと見て赤面した。

なんなんだろ。

「あの！　ハードさんと同じ部屋じゃダメですか？」

「俺と？」

「はい！」

上目遣いで、ものすごい勢いで見つめてくる。

というかせがんでくる、そんなに同じ部屋がいいのか。

うーん、奴隷がご主人様と同じ部屋とか普通はあり得ないけど……まいっか。

サヤカは『ちーと』使いで強いし……アンブレがなんかしてきた時に守ってくれるしな。

「わかった。じゃあ一部屋でたのんます」

アンブレに言って、一部屋にかえてもらった。

そのまま部屋に案内してもらう。

今日こなしたクエストで得た報酬を提示して、その中で一番いい部屋って言った。

案内されたのは結構いい部屋だった。

大通りに面してて、大きな窓があって、ベッドもふかふかっぽそうだ。

じゃあごゆっくり、といってアンブレが出て行った。

部屋に俺とサヤカが残った。

「今日はお疲れ」

「え？　う、ううん。どういたしまして……」

「よく働いてくれた」

「あの、本当にいいんですか。わたしだけその、ランク？　をあげてもらって」

「それでいい。お前のをあげた方が俺もうれしい」

「うれしい、の？」

「ああ。このままSランクになってくれたらもっと嬉しい」

「うれしい……喜んでもらえる？　生まれてはじめて喜んでもらえた……」

ぶつぶつつぶやくサヤカ。もはや恒例行事なので放っておくことにした。

というか、つかれた。

色々あった一日で、メチャクチャつかれた。

明日もがんばろう。俺はそう思ってベットに潜り込んだ。

☆　sideサヤカ　☆

この人……不思議な人。
すごく優しくて、わたしによくしてくれる人。
わたしの事を奴隷だっていうけど、本当なのかな。
左手の薬指の指輪。
気がついたらこれがつけられてた。
これって結婚指輪……って思ったけど、奴隷指輪っていわれた。
奴隷……。
奴隷って言われてるけど、不思議とそんなにいやじゃない。
優しくしてくれるからかな。
それに必要としてもらってる。
でも、いつまで必要としてもらえるのかな。
用がすんだらポイされちゃうのかな。
それは……いやだな。
優しい人、ずっとそばにいたいな。

☆　ｓｉｄｅサヤカ　終　☆

コンコン。
部屋がノックされて、目が覚めた。

窓から朝日が差し込んでる、朝になったみたいだ。
コンコン。
またノックされた。
起きようとしたが、サヤカがベッドの上で俺にしがみついてた。
先にねたけど、あの後一緒に寝たのか。
まあ、ベッドは一つしかないしな。
Sランクになったらでっかい屋敷を後払いで買おう。
やっぱり奴隷とは別の部屋じゃないと締まらないもんな。
気が向いたときに一緒に寝るのはいいけど、ちゃんと別部屋を用意する。
それもご主人様の甲斐性だ。
コンコン。
またノック。
サヤカの手を剥《は》がして、起き上がってドアを開けた。
「おはよう」
「うわ！！！！」
心臓が口から飛び出るかと思った。
ドアを開けたらそこに顔面凶器が――じゃなくてアンブレがいた。
「ごめんなさい、朝から変なものを見せてしまって」
アンブレは優しかった。

顔の凶悪さとは正反対に優しかった。

ギャップがひどすぎる！

「それよりも、あなたにお客様よ」

「客？」

客って誰だろ。心当たりがないんだが。

街にきたの昨日だし、初めての宿屋だし。

なんて、考えてても仕方ないか。

アンブレについて、部屋をでて宿屋の入り口に来た。

ロビーになってるそこに男がいた。

男は若く、四、五人の部下を引き連れてる。

いい服をきてて、顔は……なんかおかしい。

顔がって言うか、頭に木を生やしてる――何で木!?

そういうファッションなの？　街の流行なの？

そんな風に驚いてると、向こうが話しかけてきた。

「キミだね？　黒髪の奴隷を連れてる田舎者って」

いきなり失礼なヤツだな。

確かに黒髪の奴隷をつれてるけど、……田舎者かもしれないけど。

初対面でいきなりそれを言うのは失礼だろ！

「お前は？」

「わたしの名前はどうでもいい。まあ、お忍びで来てる、って思ってくれて構わないさ」

お忍び？

ってこと貴族か王子様てことか？

……いやないいない。

こんな頭から木を生やしてる貴族とか王子とかいたら世も末だ。

「それより、黒髪の奴隷はどこかな？」

「サヤカになんの用だ？」

「単刀直入にいおう、その子を売りたまえ」

「はっ？」

「もちろんただとは言わない」

男はパチンと指を鳴らした。

控えてた部下が一斉に動いた。

一旦外にでてて、次々と箱を運んでくる。

箱を綺麗に並べた後、開ける。

中に黄金が入っていた！

「これで売ってくれたまえ」

「これで!?」

「――っ！」

背後からガタンって音が聞こえた。

振り向いたけど誰もいなかった、気のせいか、ネズミかな。

そんなことよりも目の前の黄金だ。

「これで売りたまえ。わたしはねえ、黒髪の子が大好きなんだ。しかし何故かどこも黒髪の奴隷を扱わない。おかしい世の中だと思わないかね」

「は、はあ」

「そこでキミの噂《うわさ》を聞いた、黒髪の奴隷をつれているって。しかも釣れているのは黒髪なだけじゃなく、ものすごくつやつやで長いらしいじゃないか。ああ、黒髪ロング……つやつや……ぺろぺろしてむしゃむしゃしたい」

「――っ！」

またガタンって音がした。今度ははっきり聞こえた。

でも姿はやっぱり見えない。気のせいじゃないから、ネズミだな。

と、いうか。

変態だ――！

黒髪をぺろぺろとかむしゃむしゃとか、むちゃくちゃ変態だ！

こわいこわいこわい、変態過ぎてこわい。

言ってる事も怖いし、恍惚《こうこつ》してるあいだ頭の木もぴょこぴょこ動いてキモイ。

キモイ、怖い。

ヤバイヤツだからとっととお引き取りねがおう。

「ということなのだよ。キミよりも私の方がずっとあの子にふさわしい。だから売りたまえ。どこだね、私の部下が連れて行くから安心したまえ」

「売らないから帰ってくれ」

「そうか売らないに――なんだってぇ？」

「――!?」

さっきからネズミがガタガタうるさいな。

アンブレも怖いしもうこの宿屋には来ないようにしよう。

「わたしの耳がおかしくなったのかな。いまなんて？」

「売らないから帰ってくれって言ったんだ」

「……金が足りないのかな、なら――」

「ちがう。金の問題じゃない」

「どういう事なのかね？」

「一度奴隷にした子は何があっても売らない、ってだけだ。そんな事をしたらご主人様失格だ。奴隷をもつのは甲斐性、持ち続けるのも甲斐性だ」

そうとも、絶対に売らない。

どんな子でも、一度奴隷になった子は絶対に手放さない。

それが男の甲斐性だ。

変態はしつこく食い下がったけど、無視した。

☆

ギルド『ラブ&ヘイト』にきた。

今日もやっぱり血まみれのサイレンさんが俺達を出迎えた。

「いらっしゃい――あら？　その子ニコニコしてるね。なんかあったの？」

「サヤカか？　分からないけど、朝起きたらニコニコしてた」

そう、サイレンさんの指摘通り、サヤカはすごくニコニコしてる。

変態を追い返して、部屋に戻ったらサヤカはもう起きてて、今みたいにものすごくニコニコしてた。

なんでそんなにニコニコしてるのか分からないけど、とにかくものすごくニコニコしてる。

理由はわからないけど、ニコニコしてる分には可愛いからそのままにした。

「それよりも仕事いいかな」

「もちろん、今日もがんばってね！　あっ、DとCの掲示板は直したから、そこから選んでね」

サイレンさんの言うとおり、昨日のテストでぶっ壊した壁は半分くらい直ってて、DとCの掲示板が元に戻ってた。

「行きましょう！　ハードさん」

「あ、ああ」

上機嫌なサヤカに引っ張られて、Dランク用の掲示板の前にきた。

気を取り直して、クエストを探す。

Dランクのクエストは Eランクのものよりも、パッと見てるだけでも難しそうなものばかりだった。

中には「本当にいけるのかこれ？」って思う様なものもある。

ちらっとサヤカをみた。

実際になんとかするのはサヤカだから、つい視線がむいた。

「決まったんですかハードさん」

「え？　いやまだだけど」

「わたしなんでもしますから、なんでも言ってくださいね」

昨日とだいぶ違って、サヤカはやる気満々だった。

何でこんなにやる気なのか分からないけど——まあ、やる気があるのはいいことだ。

☆

「クレーマーの撃退、ですか」

街の中を歩きつつ、サヤカに説明する。

「その、クレーマーってなんですか？　また変なものなのかな……」

「変なものかどうかは分からないけど、飲食店によく現われる連中だな。急にやってきて店を占拠して営業妨害をするから、飲食店をやってる人にとっては天敵だな」

「あっ、普通にクレーマーなんですね」

「俺達は神だ、って主張するな」

「大変な方のクレーマーだ……」

クレーマーに大変じゃないのってあるのかな？

ま、いっか。

サヤカを連れて、店にやってきた。

クレーマーに占拠されてる店らしく、人気がなかった。

「じゃあ、入るよ。言って聞く様な相手じゃないから、実力で排除だ」

「はい！」

ドアを開ける、中に入る。

うわあ……うじゃうじゃいるよ、でっかいクレーマー達が。

あいも変わらず「神」って書いてるハッピー来てるし。

本当迷惑だ。

「だがそれもこれまでだ。やれサヤカ！」

「……」

「サヤカ？」

何故かサヤカが固まっていた。

かと思えば――。

「きゃあああああ！　ゴキ◯りきゃあああああ！」

思いっきり悲鳴を上げた。

「来ないで来ないで来ないで！」

だだっ子のように手を振った――直後。

その手から爆風が飛び出して。

店の中にわらわらしてたクレーマーが建物ごと跡形もなく吹き飛んだのだった。

☆

「店ごと吹っ飛ばしたのはやり過ぎだね♪」

ギルドに戻ってきた俺達はサイレンさんに説教を受けた。

サヤカは店を吹っ飛ばした。

一撃でクレーマーごと店を消滅させた。

やりすぎって言われるのも仕方ないところだ。

「ごめんな――」

頭を下げるサヤカ、そんな彼女に手をかざして、止めた。

「ハードさん？」

訝《いぶか》しむサヤカ。

そんな彼女の前にでて、サイレンさんからかばうように立つ。

「俺の責任だ」

「え？」

奴隷のしでかしたことはご主人様の責任。

それが甲斐性、男の甲斐性ってもんだ。

サヤカがびっくりして、サイレンさんはニコニコした。

サイレンさんのニコニコは怒ってるか怒ってないかわかりづらいから、どきどきする。

うぅ、旦那さんにするみたいに折檻《せっかん》されるのかな。

こわい……でも、しょうがないか。

ご主人様だしな！

ビクビクしてる俺に、サイレンさんがかるくため息つきながらいった。

「まっ、一応ね。建物壊したし、一応の説教はね」

「すんません」

「といってもあの店はクレーマーが根付いちゃったから、掃除してもまたすぐにでてきたんだろうね。これが最善だったとも言えるしね」

「聞いた事がある。クレーマーは一匹みたら三匹いると思えって」

「きゃあああ！　一匹ところじゃなかったよあのでっかいゴキ◯リ!?」

ゴキ◯リ？　違うクレーマーだ。

飲食店に出没するやっかいな生き物だ。

「うん、もうあの店にはクレーマーが根付いちゃってるんだ。だから吹っ飛ばして立て直すしか根絶の方法はないいんだ」

「そっか」

「だから、クエストは失敗だけど、ランクは上げてあげる」

「いいんですか？」

「根絶させて、まわりの店を結果的に守ったからね」

そういうことか。

ならばと言葉に甘えて、サヤカにいってギルドカードをださせた。

これで、サヤカはDからCランクになった。

05. Fランクと Bランク

深夜、宿屋『翼の記憶』。

寝付けないから何となく部屋をでて、外の空気を吸おうと思った。

「あら、眠れないの？」

「う、うん」

ロビーで顔面凶器――もとい宿屋の主人アンブレさんと遭遇した。

アンブレさんはカウンターの向こうに座って、ランプの下で何かせっせと手を動かしていた。

「何か飲む？　温かいミルク、それともお酒？」

「あっいえ、どっちもいいです」

どっちも気分じゃない上に、お酒はヤバイ気がする。

なんだか分からないけど、アンブレさんと酒のコンビはとてつもなくヤバイ気がする。

外の空気を吸おうと思ったけど、出られなかった。

アンブレさんから逃げた方がいい気がするけど、逃げられなかった。

ヤバイと思いつつも、プレッシャーに負けて、アンブレさんの真ん前に座った。

手を動かしていたのはなんと編み物だった！

あの顔面凶器で編み物なんて！　あの顔面凶器で編み物なんて！

びっくりしすぎて二回繰り返しちゃったじゃないか！

アンブレさんはせっせと編み物をしていた。

ふと顔を上げた、目が合った。

「どうしたの？」

「な、何を編んでるんですか？」

「ドスよ」

「ド――」

「冗談よ。マフラーを編んでるの、そろそろ必要と思ってね」

冗談に聞こえねえ！

『ドス』ってだってアレだろ？　ゴクドーって職業にしか装備できないという、『ハラマイト』『エンコ』と並ぶ三種の神器って呼ばれてるものだろ？

なぜか本気に聞こえた、というか本気にしか聞こえなかった。

怖いからその話は突っ込まないようにしよう。

と、思っていたら、またアンブレさんに話しかけられた。

「今朝のあなた、素敵だったわよ」

「え？」

「奴隷をテコでも売らなかったこと」

「あ、ああ」

その事か。

「それに、クレーマーの話も聞いた。奴隷の責任はご主人様の責任って、タンカを切ったそうじゃない」

「……思ってる通りの事をいっただけだ」

「あの子が奴隷だから？」

「サヤカかどうかは関係ない。ご主人様としてあたり前の事をしただけだ」

「そう。あなた、これから大変になるね」

「どういうこと？」

「そんな素敵なご主人様なら、みんな奴隷になりたがるから、ってこと」

「……」

そうかな。

そうだといいな。

「もしかして奴隷は一人だけ、って主義？」

「そんな事はない。奴隷を一人だけだなんてご主人様にふさわしくない」

「それもそうね。なら、来るもの拒まずなわけ？」

「いや」

俺は首を振った。

脳内に一人の女の姿を思い出す。

俺をコケにした、捨てていった彼女の姿を。

「一人だけ、絶対にしない人がいる」

宣言すると、顔面凶器はきょとんとなってしまった。

☆

次の日、ギルド『ラブ&ヘイト』。

「俺が間違ってたよ、俺にはキミしかいなかったんだ」

「あなた！」

カウンターの向こうでサイレンさんと旦那さんがいちゃいちゃしてる。

膝枕でもしてるんだろうか、旦那さんはカウンターの下にいて、いつも通り声だけ聞こえるが姿は見えない状態。

「うわ、うわわわ」

サヤカが盛大に赤面している。

キスの濡れた音がギルドの中に響き渡ってそれで当てられている。

なんだ、結局ラブラブじゃないか。

ま、好きだからこそ浮気が許せないんだな。

「あっちは無視して、今日のクエストを決めよう」

「はい！　わたし今日も頑張ります！　ハードさんのために」

「ああ、頑張れ、俺のために」

いうと、サヤカはものすごく嬉しそうな顔をした。

そんな彼女と一緒に掲示板を見る。

Cランク冒険者のための掲示板。

クエストは色々あった。

「あっ、クレーマーの巣の探検――」

「クレーマーはいやです！」

大声をだしたサヤカ。

いや大声だけじゃなくて、涙目になっている。

よっぽどいやなんだな、クレーマー。

まあだれだっていやだよな。

「わかってる、目に入っただけだ。クレーマーとは関わらない」

「ほっ……ごめんなさい、わたしなんでもっていったのに」

「気にするな。クレーマーなんて誰だっていやなんだ」

「あんなの……この世界からいなくなればいいのに」

「意外と黒いなサヤカは……まあでもムリだろ」

「えぅ！　む、ムリですか」

「ムリだろうなあ……あれの根絶は」

サヤカは涙目になった。

ちょっと可哀想になってきた。

クレーマーに関わるのは金輪際《こんりんざい》よそう、俺はそう決めた。

そうして、更にクエストをみていくと。

ドン！

ドアが乱暴に開かれて、何人かの若い男女が転がるように入って来た。

血まみれで、何者かにやられた様子だ。

「どうしたの⁉」

「き、聞いてねえよ、あんなに強いなんて」

「あんたたち……三秒ルル討伐に行ってた連中じゃないか」

サイレンさんはカウンターの向こうで立ち上がった。

最初は驚いたが、すぐに呆れた目に変わった。

「だから言ったじゃん、三秒ルルは子供でも強いって」

「あんなに強いって聞いてない」

「言ったよ」

「くそっ！　あいつにミルがやられた、病院に連れてかないと！」

「ぼくが優しく介抱――」

「あたしの前で浮気するな♪」

カウンターの下から手が伸びてきたが、モグラ叩きの如くつぶされた。

すごいな、サイレンさんの旦那さんは。

冒険者達はその間に出て行った。男の人が女の人を担いで出て行った。

それとほぼ同じタイミングでサイレンさんの折檻も終わった。

俺はサイレンさんに話しかけた――血みどろだけど、サイレンさんは俺には無害だからもう怯えてはいない。

「サイレンさん、三秒ルルってこれですか？」

Cランクの掲示板から一枚の紙を剥がして、彼女に見せた。

「うん、三秒ルルの捕縛。子供でいいから一匹ペットにほしいっていう金持ちの人のクエストなんだ」

「三秒ルール？　食べ物ですか？」

サヤカが横で小首を傾げた。

「俺も知らないけど、話からして食べ物じゃなくて生き物だろ、三秒ルルは」

「三秒ルールが……生き物？」

ますます首をかしげてしまうサヤカ。

三秒ルルか、猛獣の捕縛ならやりやすい方だな。

☆

街を出て、もらった地図を頼りに『ルルの谷』って場所にやってきた。

そこに行けばわかるって言われてきたけど……成程すぐに分かった。

谷の上にたてがみが立派な猛獣がいた。

そのまわりにちんちくりんな子供が何頭もいた。

「あれが三秒ルルっぽいな」

「三秒ルール……ライオンにしか見えないけど」

ぶつぶつ何か言ってるサヤカ。

俺はもらった地図の裏に書かれたメモを読み上げた。

「えっと何々……三秒ルルは谷の上から自分の子供を突き落として、三秒で戻れた子供だけを育てる……なんじゃそら」

不思議がってると、親三秒ルルが前足を払った。

数頭——全部で六頭ある子供三秒ルルが一斉に谷の底に落ちてきた。

落ちた子供達が——ものすごい速度で崖《がけ》を駆け上がっていった!!

超スピードだ！　十階建ての塔よりも高い崖の頂点に駆け上がっていった。

全頭、三秒もかかってない。

親三秒ルルは舌でぺろっと子供を舐《な》めた、ほめてるんだ。

「千尋《せんじん》の谷に突き落として三秒で戻らせるライオン……？」

またブツブツ言ってるサヤカ。

それはそうとして、成程。

あの崖を三秒で駆け上がれるスピードなら、捕縛するのは骨が折れるだろうな。

どうするか、って思ってるとまた親三秒ルルが子供を突き落とした、子供達はやっぱり三秒以内でもどった——と思ったら一頭だけ足を滑らせてちょっと遅れた。

遅れた子供は即座に払われてもう一度谷の底に、そして必死に登って、今度は三秒以内で戻れた。

顔を舐められて、ほめられる。

「すごく……厳しいです」

「そういう習性なんだな。それよりも捕まえよう。できるかサヤカ？」

「……はい、できると思います」

「よし、じゃあ次に突き落とした時がチャンスだ。子供を一頭捕まえて戻ろう」

「わかりました」

ちょっと待った。

親三秒ルルは明後日の方向を見た、子供達はつられてそっちをみた。

そのまま前足で谷に突き落とした——フェイントかよきたねえ！

突き落とされてきた子供達。

サヤカは走って近づいていって、一番近くにいる一頭に手を伸ばした。

子供は反撃した、前足を振り下ろした。

地面がえぐられる！　すげえ！　子供でも強ぇ！

避けたサヤカはそのままがっちり抱き留めて、地面をえぐり取る程のパワーをもつ子供を抱き締めて戻ってきた。

「お待たせしました」

「うん、よくやった」

サヤカの頭をなでてやった、一瞬きょとんとされたけど、はにかんで笑顔になった。

「さて、親が襲ってくる前に逃げよう」

「はい！……あっ」

「どうした」

「また……突き落としてる」

「え？」

逃げだそうとしたのが完全にとまった。

振り向いて崖の上を見あげる。

親三秒ルルは平然と子供を――残った子供を突き落とした。

つかまった子を気にも留めていない。

「……三秒以内で戻って来れない子はなんであろうと用なし、ってか？」

「……ひどい」

「サヤカ、子供を渡して」

「で、あいつを一発殴ってこい」

「えっ？　はい」

「――分かりました！」

サヤカは走って行った。

崖を一気に駆け上がって、親三秒ルルを殴った。

殴られた親三秒ルルは谷の底に転がり落ちた。

登ろうとする……登れなかった。

途中で足を滑らせて手間取って、崖の上に戻るまで十秒もかかった。

そして咆吼《ほうこう》！　地響きがするほどの咆吼。

そうしてからサヤカを探す——がもうサヤカはいなかった。

サヤカは俺のそばに戻ってきていた。

「ただいま」

「よくやった」

「ありがとうございます！　あっ、また突き落とした」

「本能だな……あれ？」

異変が起きた。

なんと、突き落とされた子供三秒ルルは崖を登ろうとしなかった。

それどころか三々五々とあっちこっちに散っていく。

「どうしたんだ？」

「なんか……呆れてるように見えます」

「呆れてる？」

「もしかして……おとうさんが三秒で戻れなかったから？」

「……おお」

そうかも知れない、俺が腕の中で抱いてる子供も最初は暴れてたけど、親が十秒かけて登った直後から静かになった。

目が呆れた目になっていた。

どうやら、三秒ルルの三秒は、子から親にも適用されるみたいだった。

☆

ギルドに戻って、子供三秒ルルを引き渡す。

「はい確かに――なんかこの子すごく大人しいね。普通子供の三秒ルルを連れてくるとものすごく暴れるんだけど、ハード、あんた何かしたの？」

訝しむサイレンさん。

俺はサヤカと顔を見合わせた、同じタイミングで吹き出した。

「？．？．？．」

サイレンさんはますます不思議そうになったが、それ以上突っ込んでこなかった。

クエストは達成され、サヤカはCランクからBランクになった。

06．FランクとAランク

Bランクになったから、次のクエストを探す前に掲示板を眺める。

その前に、今更だけどサヤカの『ちーと』の詳細を把握しておきたいって思った。

今まではサヤカの『ちーと』に頼ればなんとかなると思ってた。

サヤカは切り札、その切り札をきれば何でも解決する。

それは間違いないからいいんだけど、奴隷の事を完全に把握してないのはご主人様としてどうなんだろうか、って思ったから、聞いてみることにした。

「サヤカ、お前の『ちーと』って具体的にはどんなものなんだ？」

「具体的にですか？」

「強いのは分かったけど、もっと詳しく知りたい。お前の事を」

「わたしの事をもっと詳しく知りたい……」

サヤカはまた赤面した。

いつものことだからそこはスルー。

サヤカの赤面とブツブツはとりあえずスルーする事にしてる。

そうして、ご主人様として命令する。

「そうだ、お前の全部を教えろ」

「わたしの全部……」

ますます赤くなった。

サヤカは茹でダコみたいな顔をして、答えた。

「ハードさんに会う直前の夢で言われました、あなたにチートを授けるって」

「それは前に聞いた。ふわふわの、ふわっふわなんだな」

自分で言ってて何がなんだかと思ったけど、とにかくふわふわらしい。

「その時に『ちーと』の詳細はなにか言われてないのか？」

「えっと……あっ、思い出しました。常に相手の十倍力強くて、十倍速い、ってチートです」

「常に相手の十倍？」

サヤカは頷いた。

常に相手の十倍。相手って敵の事か？

試してみよう。

「サヤカ、今から勝負だ。力比べをしよう」

「腕相撲するんですか？」

「それじゃあ勝ち負けしか分からない」

「どうすればいいんですか？」

俺は壁際に向かった。

積み重なってる椅子をワンセット――十脚まとめて持ち上げた。

「ぐあ……お、重い」

「大丈夫ですかハードさん」

「はあ……はあ……やっぱりこれくらいが限界か。次はサヤカ、持てるだけもってみろ」

「わかりました」

サヤカはおそるおそるって感じで椅子を持ち上げた。

軽々と十脚。二十脚も余裕だ。

三十……四十……五十……百。

そこで顔が真っ赤に――わかりやすく力込めすぎて顔が真っ赤になった。

「ま、まだいけます……」

「もういい、そこまでだ。下ろしていいぞ」

俺の命令でサヤカがホッとして椅子を下ろした。

俺との勝負で、サヤカは力が俺の十倍になった。

なるほど、常に相手の十倍になる能力か、『ちーと』ってのは。

……反則じゃねそれ？

常に相手の十倍って事は、どんな相手にも勝てるって事じゃないか。

自分の十倍力強くて速い相手に勝てる生き物なんて存在しないぞ。

「すごいなサヤカは」

「す、すごいですか？」

「ああメチャクチャすごい」

「ハードさんにほめられた……」

サヤカははにかんでうつむいた。

その姿は可愛かった。

さて、『ちーと』を把握したことだし、そろそろBランクのクエストをやるか。

掲示板の前に戻ってきて、クエストを見る。

「今度は何をしますか？」

「Bランクはほとんどが討伐系だな」

「討伐……相手を倒す事ですか？」

「そういうことになるな。魔物を倒すけど……いやか？」

「ううん、ハードさんのためならなんでもします」

「ん？　いま何でもって言ったか？」

「はい！」

なんでもする、か。

サヤカは躊躇なくうなずいた。

「だったらカメラ小僧捕縛はどう？」

サイレンさんが横にやってきた。

ギルドに戻ってきた時は旦那さんを折檻してたから、意識して無視してた。

それが隣にやってきて、提案した。

カメラ小僧か……いいかもしれない。

だいぶやっかいな存在だけど、サヤカなら楽勝な相手だ。

☆

街の広場にやってきた。

俺はいつも通りの格好だけど、サヤカはコートで全身を羽織ってる。

その格好でもじもじしてる、泣きそうな目で俺を見てくる。

「本当にやらなきゃいけないんですか？」

「ああ、その格好でカメラ小僧をおびき出すんだ」

「た、確かにカメラ小僧さんが好きそうな格好ですけど……でも……」

「いやか？」

「――――！」

サヤカはハッとして、ぷるぷる首を振った。

ちぎれるくらいの勢いで振った。

「とんでもないです！　やります！」

といって、コートをぱっ！　と脱ぎ捨てた。

コートの下は水着だった。

Ｖ字型の水着、三点をぎりぎり隠してるだけの過激な水着だ。

それがサヤカの幼い体つきと相まって、背徳感がとんでもない事になってる。

街の広場って事もあって、行き交う人々がジロジロ見つめてくる。

それがますますサヤカを恥ずかしくさせて、肌が桜色に染まってますますエロくなる……の好循環になっている。

「うぅ……はずかしいです」

「我慢しろ、その格好ならもうカメラ小僧に狙われてるはずだ。最近広場に出没してるって話だから、きっともう来てる」

「もう来てるんですか？」

サヤカはきょろきょろとまわりを見回した。

「そ、それらしき人は見えませんけど」

「最初は見えないからな」

「え？　み、みえないんですか？」

「徐々に見えてくるんだよ」

俺の説明にサヤカは「？？？」と首をかしげた。

説明するのはもうちょっと待って実際に見せた方がいい。

しばらくして、サヤカをジロジロ見てた町の人が「あー」って得心した顔をし始めた。

来たか、って思ってサヤカのまわりに目をこらした。

「いた、サヤカのまたの下だ」

「え？――ひゃ！」

サヤカがびっくりして飛び退いた。

手で胸と股間を押さえた。

そのサヤカにカメラ小僧が追っていった。

人型の魔物で、小柄だけどデブってて、汗をだらだら流している。

顔はでっかい眼球が一つだけ、スケッチノートをもってて、それに絵を描いてる。

描いてるのはもちろんガン見してる水着姿のサヤカだ。

「は、ハードさん？」

「そいつがカメラ小僧だ。安心しろ、エロい格好をしてる人を描くだけでそれ以外は無害だ」

「む、無害じゃないですよ！　じゃなくてこれを捕まえればいいんですね、えい！」

半透明のカメラ小僧を捕まえようとするサヤカ、しかし腕は空を切った。

「あれ？」

「無駄だ、カメラ小僧は絵を描き上げるまでは触れないんだ。触れるのは描き上げたあと。完成度に連動して徐々に実体化していくんだ」

「それじゃ、描き上げるまでずっとこのままなんですか？」

「そういうことだ」

「うぅ……」

「それと気を付けろ、カメラ小僧はとても逃げ足が速い。触れる様になったら一瞬で逃げるからな。捕まえられるのは一瞬だけだ」

「わ、わかりました！」

サヤカは俺の注意を聞いて気を引き締めた。

カメラ小僧を凝視した。いつでも捕まえられるように待ち構えた。

カメラ小僧はその素早さもあって、狙われたヤツは大抵とり逃がしてしまう。

が、サヤカには無用の心配だ。

サヤカの『ちーと』は相手の十倍速くなること。

つまりカメラ小僧の十倍速い。

速いだけのカメラ小僧、超速いから捕縛する難易度がBランクだが、サヤカならもう勝ちっていうか捕縛が確定している。

後は書き上がるまで待つだけ。

ってことで、俺はサヤカを眺めた。

恥じらうサヤカを、じっと眺め続けた。

カメラ小僧はあっさりつかまった。

☆

Aランクになった後、日が暮れたので宿屋『翼の記憶』に戻ってきた。

サヤカは顔を赤くしたままだった。もう元の格好に戻ったけど、顔は赤いままだ。

三回目に泊る同じ部屋の中、俺は捕まえたカメラ小僧から取り上げたノートをヒラヒラさせて、サヤカにきいた。

水着姿って事もあって、サイズ的にもブロマイドに見える。

「これ、どうする？」

「も、燃やしてください！」

「もったいないな、こんなに可愛いのに」

「か、かわいい？」

「ああ」

俺は頷いた。

ブロマイドを見た。V字水着のサヤカはすごく可愛い。

この水着でエロくなくて可愛いとかちょっとした奇跡だぞ。

「こんな可愛いんだからいつまでももってたいぞ」

「ハードさんがもってる？　わたしのブロマイドを……？　はっ！　だ、ダメです！　そんなの恥ずかしいから燃やしてください！」

「しょうがないな」

まっ、気持ちもわかる。こんなのいつまでももってられたら恥ずかしいもんな。

俺はブロマイドを部屋のランプで火をつけて、燃やした。

自分の恥ずかしいブロマイドが灰になったのを確認したサヤカはホッとした。

ちなみに燃やしたのはサヤカが恥ずかしいからもあるが、別にいつでも見られるからってのもある。

俺の奴隷だからな、サヤカは。

体なんていつでも見られる。ブロマイドを後生大事にもっておく必要はない。

さて、これで一件落着。

早めに休んで、明日に備えよう。

明日はAランクのクエストだ。

それをこなせばサヤカはSランクになる。

そしたら家を買える――ついでにサイレンさんのクエストも受けられる。

そろそろ寝てしまおうか?

「あっ……」

「どうしたサヤカ」

「その……ハードさんの隣にカメラ小僧が」

「なに!?」

パッと横を向いた。

サヤカの言うとおり、そこにさっきのカメラ小僧がいた。

一つ目が血走ってて、こめかみに青筋を浮かべている。

そしてスケッチノートは俺が描かれてる。

「おまえ！　何をするつもりだ」

手を出して、ノートを払おうとした。

カメラ小僧は避けもしなかった、手が空を切った。

「くっ！　描き上がるまではさわれないんだった」

カメラ小僧がニヤリと笑ったような気がした。

「このやろ……サヤカ」

「は、はい！」

「スタンバってろ、こいつが描き上げた瞬間捕まえろ」

「わかりました」

サヤカが俺の横に来た、そのまま命令通りスタンバった。

いつでも動けるようにスタンバった。

カメラ小僧が俺を描き続けた。

くっ、気持ち悪い。こいつに描かれるあいだって凝視されるから気持ち悪いんだ。

あの一つ目で凝視されるのは……うがあああ！

ええい！　さっさと描き上げろこの野郎！

「ハードさんだ……」

サヤカはスケッチノートをのぞき込んだままつぶやく。

なぜか顔を赤らめたが、理由を考えてる余裕はなかった。

今の俺はカメラ小僧が気持ち悪くて、こいつを捕まえて折檻する事だけ。

やがて、カメラ小僧が描き終えて実体化した。

そのまま逃げ出した！

「サヤカ！　追え！」

「はい！」

サヤカはカメラ小僧を追いかけて部屋の外に飛び出していった。

俺も後を追った、ロビーまでやってくると、サヤカが外から戻ってくるのが見えた。

サヤカはカメラ小僧を捕まえてた、首根っこを捕まえてた。

「こいつめ、よくも俺を狙ったな」

カメラ小僧の目玉をベタベタ触った。

こいつらは見たとおりのものをかくから、目玉をベタベタやられて汚されるのを何よりも嫌がる。

案の定俺にやられてじたばたしたが、やめるはずもない。

そのままベタベタ触って、目玉を俺の手垢まみれにして、指紋だらけにしてやってから、解放した。

「そういえば、俺の絵は？」

「も、燃やしました」

サヤカがそう言った。

そうか、燃やしたならいい。

あんなものをいつまでも残してはおけないからな。

明日も早い、そして重要な一日だ。

俺はきびすを返して、部屋に戻ろうとした。

サヤカがついてきてないことに気づいた。

彼女はロビーに立ったまま、何故か胸を押さえている。

すごく大事そうなものを抱えているような仕草だ。

「どうしたサヤカ」

「え？　いえなんでもありません！」

「胸がどうかしたのか？」

「胸はないです！」

いやそんな悲しい主張しなくても。

ちゃんとちょっとだけあるぞ、水着姿で見たから知ってる。

ちょっとだけだけど。

そんなサヤカはなんかあたふたしている。

「本当になんでもないんだな？」

「はい！　なんでもないです！」

サヤカがそう言うのなら信じよう。

俺はきびすを返して、部屋に戻ろうとした。

「ハードさんのブロマイド……宝物にしよ」

後ろからついてくるサヤカがいつも通りブツブツなんか言ってた。

いつも通りなら別にいっか、って俺は思ったのだった。

☆

翌日、ギルド『ラブ＆ヘイト』。
サヤカと一緒にやってきた。
入った瞬間、ぎょっとして立ち止まってしまう。
そこに彼女がいた。
幼なじみの彼女、俺を振ってさんざんバカにしてきた彼女。
彼女は男と一緒に掲示板の前にいた。
Ｅランクの掲示板の前に。
「あと二回クエストをこなせばＤランクだね。今日もがんばろう！」
「みてろ、今日は昨日のように失敗はしないぜ？」
「期待してる。また失敗したら許さないんだからね」
彼女は相変わらず強気で——ワガママだ。
しかし……Ｄになるって事は、Ｅランクなのか？
しかも昨日失敗したって……
彼女と男をみた。確か名前はアイホーンっていったっけ。
俺を捨ててあの男に走ったのか。
……。
怒りがふつふつとわき上がる。

彼女に仕返し……復讐《ふくしゅう》するためのセリフを考えながら、ゆっくり近づいていく。

07. Fランクと Sランク

リサ・マッキントッシュ。

昔は好きだった。幼なじみで一緒に育って、本気で将来のことを考えた事もある。

でも今はもうない。

もはや見てるだけでいらつく存在になった。

そんな彼女に、俺は笑顔で話しかけた。

「よう」

「うん？　あらハードじゃない。何してんのこんなところで。もしかして冒険者になったの？」

「まあな」

「――ぷっ」

リサは俺を見て、いきなり吹き出した。

「あははははは、あ、あんたが冒険者？　あははははは。冗談きっついわ。あははははは」

リサは腹を抱えて笑い出した。

そんなにおかしいかよ。

「リサ。こいつは？」

「あたしと同じ村出身のヤツ」

……幼なじみとすら言われないのか。

男は「そうか」っていって、俺に握手を求めてきた。

握手して、男を観察する。

イケメンだ。

甘いマスクに鋭い眼光、実戦で鍛えたであろう実用的な筋肉質な体。

イケメンだし、女にモテるタイプのイケメンだ。

「アイホーン・スレートだ」

「ハード・クワーティ」

「よろしく、ハード。話はよくリサから聞いてる。まさか冒険者になってるなんて思わなかったから驚いた」

一見なんともないやりとりだが、ハードの瞳からは隠しようもない程の侮蔑《ぶべつ》が見えた。

完全に俺を見下している目だ。

リサからどんな話を聞いたのか……聞かなくてもわかるなこりゃ。

「(お前ごときが)冒険者になってるなんて思わなかった」

って意味なんだろうな。

ますます腹が立った。

なんとかして鼻を明かしてやろう、そう思って色々考えた。

「そうだ、ハードあんたこれから暇《ひま》?」

考えがまとまる前にリサが聞いてきた。

「どうせ暇なんでしょ、だったら一緒に来なさいよ」

「一緒ってどこに？」

「良いから来なさい」

リサは得意げに鼻をならした。

「DランクとEランク冒険者のすごさを見せてやるわ」

☆

アイホーンとリサに連れられて街を出た。

先行する二人、後ろについて行く俺とサヤカ。

サヤカが俺の横にやってきて、小声で聞いてきた。

「ハードさん……あの人たちは？」

「女は俺の幼なじみ、男は……多分彼氏かなんかだろうな」

後ろから見てもよく分かる、リサはアイホーンにかなりお熱で、思いっきりこびを振りまいてる。

あんな女だったっけ、あいつ。

……だったかもなあ。

「幼なじみさん、ですか」

「ま、もう色々終わってるけどな」

「なんか……あの人嫌な感じ」

またブツブツ何か言ってるサヤカ。

いつもの事だからスルーした。

そのままついていって、見晴らしのいい草原にやってきた。

前に来たことのある草原だ。

「ハード、これから仕事するから、あんた達は離れてなさい」

「危険だからな」

リサとアイホーンに言われた通り、俺はサヤカを連れて離れた。

俺達が遠ざかるのを確認してから、二人は地面に倒れた。

「ハードさん、あれって」

「ああ……ワンチャンだ」

見晴らしのいい草原で死んだふりをする二人。

あきらかにワンチャン捕縛のための戦術だ。

俺とサヤカはかなり距離を取った。家屋十軒分くらいの距離を取って二人を見守った。

しばらくして、遠くからワンチャンが現われた。

ワンチャンは警戒心強いままゆっくりと近づいて、死んだふりの二人のまわりをぐるぐる回った。

やがて、大丈夫だと思ったのか、二人の手の届く距離に近づいた。

「いまだ！」

「観念しなさい！」

アイホーンとリサがパッと起き上がって、ワンチャンに襲いかかった。

戦術は完璧だ、死んだふりをして近づいてきたワンチャンに不意をついて襲いかかる。

俺達もとった戦法で、ワンチャン対策のオーソドックスな戦法だ。

「きゃあああ！」

「リサ！　やったなあ――ぐわっ！」

が、二人はワンチャンを捕まえられなかった。

素早いワンチャンを取り逃がして、反撃まで喰らうしまう。

リサは顔面から地面に突っ込んで泥だらけ、アイホーンは吹っ飛んでぼろぼろになってる。

俺は近づいていって、聞いた。

「大丈夫か？」

「大丈夫じゃないに決まってるでしょ！　もう、ハードのせいなんだからね！」

「へ？」

「あんたがそこにいるから捕まえられなかったんじゃん。なんでついてきたのよ！　もうあのワンチャン警戒心ＭＡＸで捕まえられなくなったじゃん！」

いやそっちがついて来いっていったんだろうが。

……何か腹が立ってきた。

前の事もそう、今もそう。

なんてワガママなんだこの女は。

ワガママだって思うとますます腹が立ってきた。

まわりを見る。かなり遠い場所にワンチャンがいる。

ワンチャンはこっちを警戒しつつじりじり後ずさってる。

リサの言うとおり警戒心MAX状態だ。

「サヤカ」

「はい」

「あれを捕まえてこい。できるな」

「ハードさんのためなら」

サヤカはちょっと嬉しそうに頷いた。

一方でリサが更に激怒する。

「はあ？　捕まえる？　そんなの出来るわけないじゃん警戒してるワンチャンだし——」

リサが言い終えるよりも先にサヤカが飛び出していった。

ものすごい速さで、ワンチャンに向かって行く。

ワンチャンは逃げた、ものすごい速さでにげた。

同じものすごい速さだが、サヤカのはワンチャンの十倍だ。

十倍の速さで一気に距離を詰めて、反撃をものともせずワンチャンをがっちり捕まえてもどってくる。

アイホーンもリサも唖然としていた。

「な、何よあの子」

「俺の奴隷だ」

「えええ？」

「サヤカ、指輪をみせろ」

「はい」

戻ってきたサヤカは片手でワンチャンを押さえながら、従順に言われたとおり左手の薬指にある指輪——奴隷の証を見せた。

ワンチャンを捕まえて軽々と押さえる事と、奴隷の証の指輪。

「本当に奴隷だ……」

「俺が奴隷以下だと……いやそんなのあり得ない」

リサは呆然とし、アイホーンはものすごく悔しがった。

いい気味だ。

☆

すっかり意趣返しが出来たので、ギルドに戻ってきて、Aランクの掲示板の前に立った。

ハプニングで遅れたけど、本来のやるべき事をやらなきゃ。

「ますます大変なクエストばかりになってるな、Aランクにもなると」

「そうなんですか？」

「討伐ばかりなのはBと同じだけど、対象がな。どれもこれもやばい噂しか聞かない魔物だ」

「そりゃそうだよ、だってAランクだもん」

横からサイレンさんが話しかけてきた。

今日はまだ体から血の臭いがしない。旦那さんが大人しくしてるんだろうか。

「でも、ハード達なら出来る。でしょ」

「がんばる。もう一回でSランクなんだから」

「うん、頑張ってね」

激励だけして、サイレンさんはカウンターの向こうに戻っていった。

カウンターに入るとき何故かひょいっと飛び越えた、まるで段差があるかのように。

……あそこに段差、ないよな。

深く考えると恐ろしそうだから考えないことにした。

掲示板をみた、サヤカの『ちーと』も考えて、一番やりやすいのを探す。

「魔女刈り討伐がいいな」

「魔女狩りですか？」

「ああ、魔女刈りだ」

「魔女狩りをするなにかかな……」

いつも通り（もう慣れた）ブツブツのサヤカを連れて、ギルドをでて魔女刈りがいる場所に移動する。

☆

街を出て、森の中にやってきた。

昼間でもじめじめして暗くて、不気味な森だ。

ついてきたサヤカなんかは怖がって、ビクビクしていた。

「サヤカ」

「は、はひ！」

声が裏返った、よっぽど怖いんだな。

「怖いなら俺の服の裾《すそ》を——いや、手でもつなぐか？」

「え？」

「いやなら別にいいんだ——」

「ううん！　つなぎます！」

サヤカの怯えが一瞬でまとめてどこかに吹っ飛んだ。

「つなぎます！　ハードさんと手をつなぎます！　例えこの命つきても絶対につないではなしません！」

「大げさだなあ——はい」

手を出した、それを見たサヤカが恥じらってうつむいた。

おずおずと手を伸ばしてきて、俺の手とつないだ。

小さくて、柔らかい手だった。

手をつないだサヤカは恥じらったまま、しかしニコニコした。

すっかり怯えが消えたみたいで何よりだ。

それで落ち着いたサヤカが思い出したように聞いてきた。

「ハードさん。詳しく聞いてませんでしたけど、魔女狩りってどういうのですか？」

「ああ、魔女刈りってのは——」

「ふん！　とんだ無駄足だったわ！」

正面からいきなり女の声が聞こえてきた。

立ち止まって、目を向ける。

そこにリサがいた。

彼女は腰に手をあてて、俺達を見下した目でみてくる。

「リサ、おまえなんでここに？」

「あんたがどんなズルをしてるのか見に来たのよ」

「ズル？」

「そうよ。ズルしてるんでしょ、じゃなかったらワンチャンを捕まえられるはずないじゃん、ハードごときが」

「……なんのこっちゃ？」

ズルって、何がどうしたらそういう発想になるんだ。

ワンチャンの時みてただろうに、サヤカが真っ向からワンチャンを捕まえたの。

あれのどこにズルがあったっていうんだ？

「それも無駄足だったわね。まさかギルドのクエストじゃなくて、奴隷といちゃいちゃするためにこんなところに来るなんて」

「いや、それは誤か……」

「ふん！」

リサはこっちの話なんて聞かずに、きびすを返してすぐに去っていった。

「あの……ハードさん」

「うん？」

「ごめんなさい、わたしが手をつないだから」

「サヤカは何も悪くない」

「でも……」

「気にするな。いまのどう見ても向こうがおかしいだろ？」

「そう、ですね」

サヤカが納得した。

邪魔が入ったが、今は魔女刈りだ。

魔物を見つけ出して退治して、Ｓランクにならなきゃ。

さて、魔女刈りはどこ――。

「きゃあああぁ！」

悲鳴が聞こえた。

リサが去っていった方角に響く――リサの悲鳴。

「ハードさん！」

「ああ！」

つないだ手を離して、二人で走っていった。

森のちょっと開けたところに二人の人影がいた。

片方はリサ、尻餅をついてガクガク震えてる。

よく見たら股間付近の地面の色がおかしい、何かシミのようなものが広まってる。

もう片方は魔女の格好をしている。とんがり帽子に黒いローブ。

が、よくある魔女のイメージよりも一回り大きい。

というかごつい、筋肉ゴツゴツだ。

「あれはなんです?」

「魔女刈りだ」

「え?」

「あの帽子とローブが見えるか?」

「はい」

「あれはあいつの髪だ」

「え?」

「魔女に憧れすぎて、長い髪を刈り込んで、魔女の帽子とローブっぽくしてる。だから魔女刈りだ」

「刈りってそういう意味だったんですか——あっでも、なんかこっちの世界は全部そういうのっぽい……」

またブツブツいってるサヤカ——。

「避けろサヤカ!」

「え——ひゃ!」

俺の声でハッとしたサヤカがギリギリで避けた。

リサを襲って失禁させた魔女刈りがいきなり飛んで来て、パンチを放った。

サヤカは避けた。からぶったパンチは地面をえぐって、一発ででっかいクレーターを作り出した。

「なんですかこれ⁉」

「魔女に憧れるのは種族全体に魔力がない、筋肉しかない。どんなにサボっても筋肉ゴツゴツのマッチョになってしまうから——だといわれてる。だから魔女の格好に憧れて、可愛い女を見れば見境なしにおそう」

サヤカはもちろんだけど、リサも見た目だけならいいからな。

「うぅ……からだがおっきくて怖い」

怯えるサヤカ。

確かに怖い相手だ。

目の前にいる魔女刈りはもはや筋肉のオバケとも言うべき存在、腕だけでも俺の腰よりもぶっとい。

サヤカみたいな女の子が怖がっても不思議はない。

だが、問題はない。

魔女刈りの事は前からしってる、だからこのクエストを選んだ。

いくら筋肉がごつかろうと。

「がんばれサヤカ、相手は筋肉しか能がない」

「え？——あっ」

サヤカははっとした、ようやく分かったみたいだ。

そう、魔女刈りは筋肉しかない——パワーしかない。

そして、サヤカの『ちーと』は相手の十倍の力を出す能力。

つまり、サヤカが魔女刈りに負ける事は万に一つもない。

落ち着いて、魔女刈りの攻撃にカウンターを喰らわせるサヤカ、予想通り一撃でそいつを倒した。

魔女刈りは吹っ飛ばされて、ぐちゃぐちゃになった。

「ごくろうだった」

戻ってきたサヤカの頭を撫でてやった。

サヤカはえへへ、と頬《ほほ》を染めて喜んだ。

「あっ、そうだ」

思い出したかのように、サヤカがリサに向かって走って行く。

心配しているのが横顔でわかった。優しいな、サヤカは。

「大丈夫ですか？」

「ひぃ！」

リサは後ずさった。もがいて立ち上がって逃げようとした。

ぬめってる地面に手を足を滑らせて、自分のおしっこが染みこんだ土に顔から突っ込んでいった。

それでも更にもがいて、地面を這いながら逃げていった。

「ば、ばけものよおおお」

「ばけもの……」

サヤカは差し出したが行き場をなくした自分の手を見つめて、悲しそうにつぶやいた。

そんなに悲しむことはない。

彼女に近づき、頭を撫でた。

「サヤカ、よくやった」

「ハードさん……はい！　ありがとうございます！」

「さて、ギルドに戻ろう。Sランクになりに」

「はい！」

帰りもサヤカと手をつないだ。

上機嫌なサヤカと一緒にギルドにもどって、討伐成功を報告して。

そして、サヤカはSランクになった。

08. 奴隷姫にもチートがある

ギルド『ラブ＆ヘイト』の中。

サヤカがSランクって記されたギルドカードを受け取った。

これでSランクの冒険者、家を買う事ができる。

いやその前にサイレンさんだ。

便宜を図って最短距離でSランクにしてくれた、それで頼みたい事があるって言ってた。

恩返しのためにも、まずはサイレンさんから話を聞かなきゃな。

そう思って話しかけたが、サイレンさんは窓の外を見つめていた。

「どうしたんですか？」

「誰かが見てるね」

「だれか……？　あっ」

サイレンさんの視線を追ってくと、窓の外からちらちらちら様子をうかがってるリサの姿が見えた。

ちらちらしてたけど、俺と目が合うとものすごく眉を逆立てた。

ぐいぐいって人差し指でジェスチャーをして、俺に「来い」って言ってる。

「いった方が良くない？」

「そうだな、ちょっと行ってくる。サヤカはここでまってな」

「はい」

サヤカをおいて一人でギルドの外に出た。

外壁をぐるっと回ってリサの居場所にやってくる。

「なんかようか？」

「今日の事は忘れなさい！」

いきなり怒鳴って、命令してきた。

「今日の事？」

「あの森の中での出来事よ！」

……。

ああ、魔女刈りに襲われて、ビビって失禁した事か。

心配しなくてもだれにも言わないって。

あいつモンスターに襲われてお漏らししたんだぜうけるだろー。

んな事を言って回ったらこっちの人格が疑われる。

リサが更に恫喝《どうかつ》をしてきた。

「あたし、すごい人達を知ってるんだからね」

「すごい人達？」

「そうよ！　この街の裏に通じてるすっごい怖い人達なんだからね」

「怖い人達」

裏稼業をしてる人間なんだろうか。

どこにもそういうのはいるだろうけど……。

「なあリサ、悪いことは言わないから、そういう人達とはあまり関わらない方がいいぞ――」

「ふん、ビビったようね」

「いや、ビビったとかじゃなくてな」

「今日の事を忘れたらいわないでいてあげる。いいわね」

「……わかった、誰にも絶対に言わない」

そういうと、リサは満足して立ち去った。

なんだかなあ。

リサとの話が終わって、ギルドの中に戻った。

「大丈夫でしたかハードさん」

サヤカが心配そうに駆け寄ってきた。

「大丈夫だ、今日の事は忘れろって話だった」

「今日の事？」

サヤカは小首を傾げた。

分からないんならそれでいい。わざわざ掘り起こす程の事じゃない。

リサの話はそれで一段落した。

俺は改めてサイレンさんと向き直った。

「サイレンさん。俺達にやってほしいクエストっていうのは？」

サイレンさんは無言で扉の方に向かって行った。

扉に鍵をかけて、窓も雨戸を下ろす。

まだ昼間なのに、ギルドの中は一気に暗くなった。

「ハードさん、これは一体……？」

「……よほどすごいクエスト、というか誰にも聞かれたくないクエストなんだな」

「そうよ」

戻ってきたサイレンさんは頷いた。

語気は普段とそんなに変わらないけど、表情がかなり真剣だ。

それを見たサヤカが横でごくりと生唾を飲んだ。

「まず、クエスト主を紹介するね」

「クエスト主？　でもドアは鍵が――」

「コハク様」

俺は扉の方――外を見たが、サイレンさんは中の方――カウンターに向かって呼びかけた。

カウンターの向こうからむくり、って感じで手がにょきっとのびてきた。

今まで何回か見た事のある、血まみれの、サイレンさんの旦那さんの手だ。

その手が……ぼろっと取れた。

「きゃあ！」

サヤカが悲鳴を上げた。

俺は気を強くもって展開を見守った。

手がぼろっと取れて、別の手が伸びてきて、やがて全身がみえた。

美少女がカウンターの向こうから現われた。

サヤカよりちょっと背が高くて、長い髪が左右で結ってツインテールにして、そのツインテールが地面に届くくらい長い。

一目見ただけで絶対に忘れない、特徴的な女の子。

「コハク……姫？」

「わた――あーあー、ごほん。わたしをしっているの？」

最初は「サイレンさんの旦那さん」の声だったけど、咳払いして喉をならしたあと、鈴を転がすような美声になった。

「知ってます！　すっごい昔に村に来たことがあって、その時遠くから見てました！」

「ハードはこの辺の人？　それなら三年くらい前にお兄様とチョコレートファウンテンの儀式をした時かな」

「はい！　王子様もいました！」

やべぇ緊張する、本物の姫だ、本物のコハク姫だ。

「ハードさん……」

サヤカが俺の服の裾をぐいぐい引っ張って、上目遣いで見つめてきた。

どういう事なのか教えて、って目だ。

「コハク・サローティアーズ。この国のお姫様だ。まさか会えるとは思ってなかったぞ」

「お姫様……」

俺はすっかり興奮した、本物にあえるなんて思わなかった。

そうか、サイレンさんがギルドを締め切ったのもそのせいか。

本物のコハク姫ならこれはお忍びってことだもんな。

「その様子だと知らないみたいだね」

「え？　しらないって、どういう事なんですかサイレンさん？」

「どうしてあたしがギルドを締め切ったんだと思う？」

「それはコハク姫だからで、お忍びだから？」

「じゃあどうして、コハク様があたしの夫に化けてたんだって思う？」

「え？」

頭が一瞬フリーズした。

そうだよ、ギルドを締めただけじゃお忍びだって言えるけど、サイレンさんの旦那さんに化けてたのはお忍びだけじゃ説明つかない。

声をかえて、姿を見せないで、サイレンさんが何かにつけて折檻ばっかりして、それをみてるうちに目をそらしたくなった——そらしたくなった？

「何かから……隠すため？」

「実はね、コハク様は今懸賞金《けんしょうきん》がかけられてるんだ。デッドオアアライブの」

「えええええ!?」

「そこからはわたしが説明します」

コハク姫が俺の前にやってきて、澄み切った瞳でまっすぐ見つめて来ながら話した。

去年、国王がものすごい大病を患った。

その大病がかろうじて治ったものの、治った後の国王はまるで別人のように横暴が目立つ様になった。

何故なのかと独自に調査した結果、国王は何者かと入れ替わってて、本物の国王は地下牢に入れられている。

本物の国王を助けだそうとしたが、それがばれて、偽物の国王にアリもしない罪を着せられて追われた。

追われたコハク姫は唯一信用出来るサイレンさんのところにやってきて、身を隠した。

その間偽の国王は更にコハク姫の罪をでっち上げて、姫は公式的にはお尋ね人となって、懸賞金がかけられたという。

「というわけなの。サイレンの元に身を寄せて待ってたの。お父様に化けてるヤツを倒して、お父様を救い出せる人、さらには信頼出来る様な人を待ってたの」

「そ、それがSランクのクエスト……？」

サイレンさんを見た。

「正確にいえばSSSランクだけどね、何せ国そのものを揺るがす大事件だから。でも例え内容を伏せてもSSSだって言っちゃえば推測される可能性もあるじゃん？　だからSだって言ったの。Sなら実はドラゴン討伐とか、そういうの言い逃れができるじゃない」

「た、たしかに」

色々と納得した。

納得したけど、ちょっとビビってる。

まさかこんな大事だったとは。

「でも本当に俺でいいんですか？　俺なんか何にも力はないんですよ」

あまりの大事についぼろっと本当のことを言ってしまった。

ちからはサヤカだけ、俺には何の力もない、村から出てきたばかりのただの田舎者だっていっちゃった。

「ここ数日ずっと見せてもらった。力はあっても最終的に信頼出来ない人なら本当にドラゴンの討伐だっていって適当にやり過ごすつもりだった」

「見てたって、俺を見てたんならなおさらわかる――」

「見てたのはその子」

「わ、わたし？」

サイレンさんがサヤカをさした。

さされたサヤカは目を見開きびっくりした。

「そう、あれだけ力がある奴隷。最初は無理矢理従わせられてるかって思ってたけど、奴隷の指輪は一度も光らなかった」

「これですか？　これって光るんですか？」

「ああ、光るんだそれ。サヤカ、鼻くそをほじってたべろ」

「え？　い、いや、そんなの出来ない——って手が勝手に」

俺の命令にサヤカは鼻くそをほじって、口の中に入れようとした。

入る直前に手をつかんで止めた。光ってる指輪ごと手をつかんで止めた。

「こんな風に、ご主人様は強制力を働かせて奴隷に命令出来るんだ。その時に指輪が光る」

「そうだったんだ……知らなかった……」

「ものすごい力をもった奴隷がいて、でも強制力を働いた痕跡がなくて。二人が深い信頼で結ばれてるのが分かった」

「深い信頼……わたしとハードさんが……深い……」

また赤面してブツブツなにか言い始めるサヤカ。

「そういうご主人様なら信頼出来る、そう思ったの」

「は、判断の基準がよく分からないけど……とりあえずわかった」

「改めて聞くけど、このクエスト、受けてくれる？」

「うん」

俺は即答で頷いた。

「いいの？」

「もちろん」

サイレンさんの判断基準はよく分からないけど、話を聞いたらやらなきゃって思った。

あこがれのコハク姫が困ってるのもそうだけど、父親がつかまってて助けられないのなら手助けしたい。

俺はそう思った。

「危険だよ？」

「分かってる」

「奴隷ちゃんもいいの？」

「ハードさんのためなら」

「そう」

サイレンさんは満足げに微笑んだ。

「ってわけでコハク様、彼になら例の方法で正体を隠すことができると思う」

「そうね。わたしもそう思ったわ」

「例の方法？」

「これだよ」

サイレンさんが手を伸ばした。

手のひらを上にして差し出された手には指輪があった。

サヤカの左手薬指についてるのと同じ指輪だった。

「奴隷の指輪？」

「左手の薬指に指輪をはめるのは奴隷だけ。それをつけてれば、この奴隷がまさかお姫様だなんて誰も思わないでしょ？」

ああ、なるほど。

コハク姫は特徴的で一目見たら忘れられないような見た目をしてる。

そんな見た目でも、左手に薬指があったら奴隷、お姫様が奴隷だなんて誰も思わないし、主張しても信じない。

「しかもハード、あんたはFランクの冒険者」

「Fランク冒険者の奴隷ならなおさら、ってことですね」

「そう」

「わかりました」

俺は指輪を受け取った。

これをコハク姫にはめればいいんだな。

姫に近づく、姫は左手をだした。

手をとって……ちょっと迷った。

「どうしました？」

「……本当にいいんですか？　俺の奴隷になって」

「わたしはお父様を助けたいの。そのためならなんでもする」

「……そうか」

そこまでの決意があるんならこれ以上何かを言うのは失礼だな。

俺は指輪をとって、姫の手を取った。

指輪を薬指に通そうとする。

「……それに」

コハク姫がか細い声でいった。

サヤカのような、ブツブツ言ってるときのようなか細い声。

「あなたならいい、って思ったの」

聞き返す間もなく、指輪を薬指に通した。

奴隷の証、左薬指の指輪。

それを通した瞬間、まばゆい光がギルド内にあふれた。

「コハク姫」

姫は気を失って倒れた、とっさに抱き留めた。

「姫？　あんた何かしたの？」

「いや俺は何もしてない、指輪をつけただけ。むしろこの指輪が何かをしたんじゃないの？」

「そんな事ない！　姫の事を考えて最終的にご主人様の方から破棄できるタイプの指輪にしたけど、それ以外は普通の指輪だよ」

「だったらなんで」

俺とサイレンさんがいきなりの事で慌てた。

倒れたコハク姫のまわりで慌てた。

「だぶん大丈夫です」

「サヤカ？　大丈夫って何か知ってるのか？」

「もうすぐ目が覚めると思います」

詳細は語らないが、目に確信の色があった。

サヤカが言ったとおり、すぐにコハク姫が目を覚ました。

うつろな目があたりをさまよい、何かを探しているようだった。

「ここは……」

「ここはプリブ、あたしのギルドだよコハク様！」

「プリブ……泉……女神……わたしにちーと？」

ブツブツ何かいってるコハク姫。

それを見て、サヤカが「やっぱり……」ってつぶやいたのだった。

09. 信用の差

「変な夢」

「それ、夢じゃないです」

サヤカがコハク姫に言った。

大人しい風の女の子が確信しきった口調で言ったから、コハク姫は眉をひそめて聞き返した。

「どういう事なの？」

「わたしも同じなんです。すごくふわふわなところにいて、ふわふわな気分になって、ふわふわな声に『チートをあげるから頑張って人生やり直してね』って言われて」

相変わらず説明がふわっふわなサヤカだった。

それで通じるのか？　って心配したんだけど。

「ふわふわだった。わたしは『チートあげるから自分の物を取り戻して』って言われた。じゃああれって」

「はい」

サヤカは頷き、俺に一言断って、壁際に向かって行った。

前にやったのと同じように、椅子を百脚まとめて持ち上げた。

コハク姫はそれに舌を巻いた。

「すごい力」

「これがわたしの『ちーと』なんです。えっと、どんな相手でもそれの十倍力があって、十倍速いって言われました」

「あなたも十倍？」

うん？

コハク姫も十倍なのか？

「魔法力が十倍高くて、呪文詠唱が十倍速いって言われたわ」

「魔法の方か」

コハク姫の『ちーと』を聞いて、ちょっと興奮した。

サヤカの事があるから、コハク姫の『ちーと』はもう信じてる。

同じ「十倍」だからなおさらだ。

相手の十倍強い魔法が使えて、十倍速く魔法が使える。

やっぱり最強じゃないか！

だから俺は興奮した。

「本当にそうなるの？」

「試せばいいじゃん」

サイレンさんがカウンターの向こうに呼びかけた。

あのデカブツが出てくるのかと思いきや、今度は枯れ木の様な老人が出てきた。

ゆったりめなローブを纏《まと》っていて、先端に宝石のついた杖を持っている。

どこからどう見ても魔法使いな風貌《ふうぼう》だ。

「それもギルド試験のための人なんですか？」

「そうだよ、その人の特性とか一番得意な事を試すから、いろいろ用意してるんだ」

「いろいろ？」

「いろいろ」

サイレンさんは笑顔のままはっきり頷いた。

俺はちらっとカウンターの向こうを見た。

あっちの部屋は何が入ってるんだろうか、何人はいってるんだろうか。

ちょっと怖くなった。

旦那さんがコハク姫でちょっとは薄れたサイレンさんへの恐怖心がまた増したような気がした。

コハク姫は老人と向き合った。

空気が張り詰める。

老人が杖を掲げた、呪文の詠唱をはじめて、ローブが無風の室内でふわりとなびいた。

コハク姫は対抗して詠唱した――瞬間。

パリーン！

綺麗な音が鳴り響いて、老人が一瞬で氷漬けになった。

老人を中心に、ギルドの半分くらいがまとめて凍った。

俺とサヤカとサイレンさんはかろうじて凍らされた範囲外にいて、助かった。

コハク姫がきょとんとしていた。魔法を放った本人が一番びっくりしてた。

「す、すごい……」

「こんな風に、相手の十倍すごくなる『ちーと』なんです」

この力があれば、と、コハク姫の目に希望の光がともったのだった。

☆

とりあえず待機することになった。

サヤカとコハク姫。『チート』持ちが二人で、戦力は充分足りるようになったので、サイレンさんが急いで計画をすすめる事になった。

それは何日かかかるから、その間はとりあえず待機する事になった。

俺はサヤカとコハク姫を連れて、ギルドをでた。

「ハードさん、あそこ」

「うん？」

サヤカが何かに気づいてさした方角をみた。

そこにリサがいた。俺たちがギルドから出てきたのを見つけて、リサはこっちに向かってきた。

一人じゃなかった、男を三人引き連れていた。

ガラがわるい、チンピラのような男をぞろぞろぞろぞろと一緒になって向かってくる。

「偶然ねハード」

白々しいことこの上ないリサだ。

あきらかに目が合ってから向かってきたのに偶然はないだろ。

「なんか用か？」

「あら、ハードに用があるはずないじゃない。今からコボラさんのところにいくのよ」

「コボラ？」

「知らないの？　このプリブの街の裏のドンって呼ばれてるコボラさんの事を」

裏のドン。

「コボラさんと親しくしてもらってるのよ。今もあたしのためにこんなに護衛をつけてくれたんだ」

「へえ」

「そうそう、ハード」

リサは近づいてきて、耳元でささやいた。

声のトーンが落ちて、まるで脅迫のようだった。

「変な事をいったら、どうなるか知らないからね」

「変な事？」

「おう、すっとぼけんじゃねえぞオラ」

男の一人が割り込んできた、ドスの効いた声で言ってきた。

「えっと……ああ、森の――」

「――どうなるか！」

リサがものすごい勢いで被せてきた。

「わかってるわね」

「わかった。誰にも言わない」

「分かればいいのよ」

リサは唇をゆがめて、満足した様子で男達を引き連れて去っていった。

男達は最後にまた俺を睨《にら》んで、恫喝してきたけど。

「……アンブレさんに比べればかわいいよなあ」

ふと、宿屋『翼の記憶』のご主人、アンブレさんの事を思い出した
あの顔面凶器に比べれば、今のチンピラなんて赤ちゃんかってくらい可愛らしく見える。

「ハードさん、あの人何しに来たんですか？」

サヤカが首をかしげつつ聞いてきた。

まあ、わからないよな。

「うーん、多分だけど、森の時に『あたしはすごい人をしってる』っていってただろ？　それを証明しにきたんだ」

「すごい人をしってる……」

サヤカはリサが去っていった方角を見つめてながらつぶやいて。

「すごい人を知ってる」

隣にいるコハク姫を見てつぶやいた。

そしてまたリサが去っていった方角を見て。

とても、可哀想なものを見るような目になった。

☆

サヤカとコハク姫を連れて、プリブの街の不動産屋にやってきた。

看板はキツネの絵が描かれてて、店の名前は「コンの抑止力」ってある、なにがどう抑止力なのか分からないけど、とりあえず中にはいった。

「いらっしゃいませ、コン」

俺達を出迎えたのは俺の身長の半分くらいの男だった。

男は頭にキツネ耳を生やしてて、丸いサングラスをかけて、手にでっかいそろばんを持ってる。

ちょっと怪しげな感じだ。

店の人だろうか、俺は聞いてみた。

「すいません、家を買いたいんですけど、店主はいますか？」

「ぼくがこの店の店主、タイラー・ボーンだコン」

店主だったのか。

ちびっこいけど、キツネ耳がついてるし、多分そういう種族だからだろう。

「家を買いたいんですね、コンコン」

「うん。サヤカ」

「はい」

前もって言ったとおりに、サヤカは自分のギルドカードを取り出して、タイラーに見せた。

タイラーはそれを受け取って、見た。

「これはこれは失礼しました。組合公認ギルドのSランク冒険者だったコンね」

タイラーは丁寧な手つきでギルドカードをサヤカに返した。

その時にサヤカの指にある奴隷指輪をみた。

指輪と俺を交互に見比べた。俺がサヤカのご主人様だって認識したみたいだ。

態度が更に丁寧になった。

「お任せくださいコン。どのような家がほしいんですコン？」

「まとまった現金がないから、ローンで買えるような家を」

「そうでしたか。わかりましたコン、お任せくださいコン」

☆

タイラーに連れられて、プリブの街中心にやってきた。

目の前にあるのは、新しい平屋の一軒家だった。

タイラー先に入って、俺を招き入れた。

俺はサヤカとコハク姫を連れて中に入る。

ちなみにコハク姫はさっきからずっと黙ったままだ。

奴隷指輪をつけてるとは言え、ばれてしまうのはまずいからって、ギルドを出てからずっと黙っていた。

「この家はどうですかコン。街の中心にある新築の三ＬＤＫだコン。市場至近、ウマ車駅徒歩三分で隣町の移動も便利だコン」

「ほうほう」

タイラーに説明されつつ、家の中を見て回った。

三ＬＤＫの新築物件は流石に綺麗だった。

それだけじゃなく、街の中心にあるのに、外の喧噪がまったく聞こえない。

結構いい家だ。

「しかも、最新型工法を使ってるから、後からの増築が簡単だコン」

「そうなのか」

「はいですコン」

タイラーはちらっとサヤカとコハク姫を見て。

「お家族を増やす予定があるときに便利な物件ですコン」

「なるほど……いいな」

物件はいい、新築で今の俺にはぴったりだし、将来性もある。

問題は……金額だ。

「いくらするんだ？」

「これくらいですコン」

タイラーはそろばんをはじいて、俺に見せた。

ざっとみて、サヤカがを五十人買えるくらいの金額だ。

俺の村でも家を十軒は建てられる程の金額。

街で、新築だから高いのか。

でも、それがいい。

俺はこの家に決めた。

そう思って、最後の確認をする。

「支払いはローンでいいのか？」

「もちろんですコン。組合公認ギルドのSランク冒険者様だからお支払いはいつでもいいですコン」

きくまでちょっとドキドキしてたんだけど、本当にローンで買えるみたいだ。

なら、迷うことはない。

こうして、俺は初めての家を手に入れた。

☆

奴隷二人を家に残して、『コンの抑止力』で物件の契約をすませてきた。

増改築は最初の代金を払い終えないと流石に受けられないとだけ説明をされた。

そりゃそうだ。

そうして契約書を持って、外にでた。

もう夕方になっていた。

街は夕焼けに染まり、様々な人が家路を急ぐ。

そんな中、知ってる声が遠くから聞こえてきた。

男女の声、リサとアイホーンだ。

二人は遠くから歩いてくる、俺に気づいていない。

「そろそろ夜だし宿屋に泊ろう」

「もうちょっと待とう。この時間から泊るとちょっと高くなるんだ。もうちょっと遅くになってから入った方が時間分安くなる」

「今すぐなのはダメなの？」

「ワンチャンを捕まえるの失敗したから。報酬が手に入らなかったんだ」

「そっか……しょうがない、今日だけ我慢したげる」

「ああ」

そんな事を言い合いながら、二人が近づいてくる。

そして俺を見つけて、リサがまた得意げな顔をして近づいてきた。

「ハードじゃん、こんなところで何してるの？」

「ちょっとな」

「……もしかして家を借りたの？」

リサの顔から余裕が消えた。

俺が持ってる契約書と、不動産屋のキツネ看板を交互に見比べる。

「家を借りたんだね、そうなんだね」

更に豹変する。怖い顔で俺を睨む。

「アイホーン、行くよ」

「いくってどこに――」

「あたし達も家を借りるの！　いくよ！」

リサはアイホーンを無理矢理引っ張って中に入っていった。

借りた訳じゃなくて買ったんだが……ってわざわざ教えるギリもないか。

俺はその場を離れた。

後日、タイラーから聞いた話によれば。

二人は金も信用もないので家を借りれなくて。

アンブレさんから聞いた話によれば。

宿を取った二人は、夜遅くまで怒鳴りあっていたという。

10. パンデミック

夜、手に入れたばかりの自宅。

一番広い部屋を俺の自室にして、そこで手紙を書いた。

奴隷のサヤカがSランクの冒険者になったこと。

家を手に入れた事。

今までの出来事を書いた手紙を封筒に入れて、まだ整理してない荷物の中から電書ハトを取り出す。

右手に電書ハト、左に手紙――くっつける。

「アン♪」

男の人っぽいあえぎ声がして、手紙は小さな雷に打たれて、灰になって消えた。

うん、これでソフトのところに手紙が届いたはずだ。

コンコン。部屋のドアがノックされた。

返事をすると、サヤカがドアを開けて中に入ってきた。

「ハードさんちょっと聞きたいことが――あっ、ひよこちゃんだ。お手紙を書いてたんですか？」

「もう送った後だから大丈夫」

手乗りの電書ハトを荷物の中にしまい直して、サヤカと向き直る。

「どうしたんだ？」

「あの、わたしの部屋にこんなものがおちてました」

サヤカはそう言って、一枚の紙を差し出す。

受け取って、内容を見る。

「宣伝チラシだな。タイラー・ボーンの店の」

「さっきの不動産屋さんのですか？」

「そうだ。増築の事が書かれてあるな。新しい家族が増える前に是非増築を。安心簡単に二部屋ずつ増築できます――ってあるな」

「なんか怪しい広告のようです」

「特殊新工法だから段階的に簡単に増築できるとも書いてるな。毎回二部屋ずつ広げていくらしい」

「二部屋ずつですか？」

俺は頷いた。

料金表も書いてあって、増築するごとに高くなってくみたいだ。

最初の二部屋はリユ銀貨五百枚、その次の二部屋はリユ銀貨千枚、その次は三千枚――。

まったく同じ金額じゃなくて、増築するごとに高くなっていく仕組みなんだな。

ちなみに工事はどうやら一晩ですむらしい。

金さえあれば、一気に払って三日待つ――で六部屋ふやすなんてのも可能っぽい。

「それは難しいから、まずは二部屋増やす……いや、ローンの完済が先だな」

増築の話は当分先だな。

俺はチラシを大事にしまった。

☆

次の日、サヤカとコハク姫を連れてギルド『ラブ&ヘイト』にやってきた。

中に入るなり、二人組の冒険者が苦笑いしながら、そそくさと逃げる様に外に出て行った。

どうしたんだろう、って思ってるとすぐに原因が分かった。

「ちがうんだ、俺は彼女をホテルに誘っただけ――ごぎょ！」

「それは『だけ』っていわないよ♪」

ギルドの中は修羅場《しゅらば》になっていた。

カウンターの向こうで、サイレンさんが浮気症の旦那さんを折檻している。

それが冒険者達が逃げ出した理由か。

って、旦那さんを折檻？

俺はコハク姫を見た、コハク姫はびっくりした顔でぷるぷる首を振った。

昨日までコハク姫がその旦那に化けてたんだ。

そのコハク姫はここにいる、だったら今あそこにいるのは？

不思議に思いつつ、カウンターに向かって行く。

サイレンさんと目が合った、折檻をやめてこっちを向いた。

「あらハード、いらっしゃい」

「サイレンさん。それは……？」

「あらごめんなさい、見苦しいところを見られちゃったね。うちのバカがいつもいつもいつも通り他の女の子に手を出しちゃっててね」

ハッとした、コハク姫も（ついでにサヤカも）理解した。

サイレンさんの「いつも通り」という発言。

さっき出て行った冒険者達は逃げる様に出て行ったが、表情に気まずさはあっても、怯えとかはなかった。

サイレンさんが旦那さんを折檻する光景はきっとこのギルドの名物のようなものなんだろうな。

それが急になくなったら誰かが変に思うかも知れない。

巡り巡ってコハク姫の事がばれてしまうかも知れない。

そうならないために「いつも通り」にしてるのが一番なのだ。

「ホテル、で……お茶だけ――」

「寝言は寝て言って♪」

サイレンさんは旦那さんっぽい何かにトドメをさした。永眠しそう。

トドメをさした時生き生きしてるんだが……それは気にしないことにしよう。

さしたあと、サイレンさんはあらためてこっちをむいた。

「今日はなんか用？　仕事なら適当に掲示板から選んでね」

サイレンさんにそう言われて、俺はサヤカとコハク姫と顔を見合わせて、うなずき合った。

事情をしれば、裏の意味もわかる。

今日はまだ動く時じゃない、適当に日常を過ごしてて、って意味だ。

「そうする。あしたも仕事できる？」

「うん、あしたも。あさってがちょっと分からないかな？」

つまり明後日になにかがあるのか。

俺は分かったといって、サイレンさんを見つめた。

それでこっちがちゃんと『分かった』って伝わって、サイレンさんが満足げに頷いた。

カモフラージュの日常を過ごすため、サヤカとコハク姫を連れて、掲示板に向かった。

Ｆランク用の掲示板の前に立った。

サヤカが受けられるＳランクじゃないのは、日常を過ごすのはもちろんだけど、この二日間はあまり目立たない方がいい。

Ｓランクのすごいクエストよりも、Ｆランクのどうでもいいクエストで小銭を稼いでた方がいい。

そう思ったからだ。

そう思って、Ｆランクの掲示板を見ていく。

Ｓランクまで駆け上がって、一周して戻ってきたＦランクの掲示板は、今となっては簡単なクエストばかりだ。

その中から適当なのを選ぼう。

そう、思っていると。

「ちょっとハード！　あんた何をしたのよ！」

「リサ……」

ドアを乱暴に開け放って、ギルドに入ってくるなり怒鳴りながら俺に向かってくるリサ。

後ろにイケメンのアイホーンがついてきてる。

アイホーンは目の下にクマが出来てる。

顔も憔悴して、疲れ切ってる感じがする。

「あんた何をしたのよ！」

「へ？」

「昨日あれから家を借りに行っただけど貸してもらえなかったわよ。Dランクの冒険者には貸せないって門前払いになったのよ。あんた、どんな手を使ったのさ！」

「どんな手っていうか――」

「ふん！　どうせズルでもしたんでしょ。DとEのあたし達が借りれないのに、いまだにFランクのクエストなんか見てるあんたが借りれるわけないでしょ。というか――」

一方的にわめいていたリサが一方的に納得して、自己完結した。

そうしながら俺とサヤカとコハク姫を順にながめて、今度は鼻で笑った。

「奴隷増やしたんだ」

「ああ……」

「奴隷増やして、パーティーに三人もいるのにまだFランクのクエストみてるとか。あんたどんだけへたれなの」

「……」

「ふふん、こっちは違うもんね。今日はちゃんと攻略法を考えてきた。邪魔が入ってもちゃんとやれる攻略法を。ねっ、アイホーン」

「ああ」

疲れた顔をしてるが、アイホーンははっきりとうなずいた。

「あんたはそこでFのやってなさい。あたしたちはクエストをこなして、今日中にCランクになるから」

リサはそう言って、アイホーンと一緒にカウンターに向かって行った。

サイレンさんとやりとりを交わして、クエストをうけギルドから出て行った。

そんなリサの後ろ姿をみつめていた。

なんか……不思議だ。

「どうしたんですかハードさん」

「いや、あいつ……あんなにキャンキャンキャンキャンキャンうるさいヤツだったっけ……って思ったんだ」

「むかしは違ったんですか？」

「うーん……」

昔の事を思い出す。

幼なじみだったから色々想い出はある。それを思い出していく。

すごく……不思議だ。

「……なんか昔からそうだった気もする」

「するんですか？」

「よくよく考えたらそうだった。不思議だ、なんで今まで気にならなかったんだろう」

「それは、もう見えてるものが違うから」

コハク姫が静かに口を開いた。

見えてるものが違う？　どういう事なんだろ。

「彼女の事、小型イヌみたいに見えてる。ちがって？」

「その通りだけど……」

「つまりはそういうことなの」

……え？

それだけ？

つまりはどういう事なの？

コハク姫にちゃんと答えてもらえないまま。

キャンキャン吠えるだけのリサに対する執着が、いつの間にか跡形もなく消え去っていたのだった。

☆

ギルドを出て、クエスト主の元にむかう。

プリブには学園がある、小さいときに入って、成人するまで色々勉強するための学園がある。

その学園の生徒が今回のクエスト主で、会うために学生寮に向かっていた。

「どんなクエストなんですか？　ハードさん」

「センパイ風邪が吹いてるから、それの退治だ」

「先輩風……退治？」

サヤカは首をひねって、不思議そうな顔をした。

相変わらずな反応だな。

「センパイ風邪ってのは病気の事だ。その病気にかかった人は熱と鼻水が出たり、頭とか喉がいたくなったりして大変なんだ」

「あっ、そっちの風邪……」

「で、伝染力はかなりあって。センパイに百%うつすやっかいな病気なんだ。組織の中でセンパイからセンパイに次々とうつってって、最終的にはトップの人間がそうなって大変なことになる。ちなみに感染者がセンパイであればあるほど症状が悪くなる」

「こわい……」

「今回はでも大丈夫っぽそうだ」

サイレンさんからもらった紙を見る。

クエスト主は学園の生徒で、センパイ風邪だって判明した時に後輩達に頼んで隔離《かくり》してもらった。

感染者とかいないし、クエスト主はまだ子供だから症状も軽い。

だからこそのFランククエストだ。

パパッといって、ぱぱっと終わらせてしまおう。

プリブの街、オールドブルー学園。

その学生寮。

到着したそこはやけに慌ただしかった。

空気がどんよりしてて——というか悲鳴が飛びかってる⁉

どうしたんだろうかと、用務員室でおろおろしてるおじさんに話しかけた。

「なにがあったんだ？」

「あんたらは？」

「ギルドから来たものだ」

「おそいよ！　もっと早く来てくれなきゃ！」

おじさんは怒鳴ってから、額を押さえて首をふった。

「すまない、あんたらは悪くないんだ。悪いのは時代錯誤《じだいさくご》の連中だ」

「一体どうしたんだ？　センパイ風邪ってきいてやってきたんだけど」

「そうだ。そのセンパイ風邪にかかった子を最初は隔離してたんだ。学生寮の一番離れの部屋に一人にして隔離してたんだ」

妥当な処理だ。

センパイ風邪はうつる、だから処理できる人間が来るまで隔離するのがベストなやり方だ。

この場合ギルドにクエストを出してるし、冒険者が来るのを待つだけだ。

それだけなんだが――おじさんは忌々しげに続けた。

「その話をどこから聞きつけたのか、ＯＢが乗り込んできたんだ。卒業してン十年も経つようなおっさんが『そんなものにかかるのは根性が足りないから』っていって、むりやり隔離してる子を連れ出して、自力で直せって無理強いをした」

「馬鹿な！　センパイ風邪を吹かせすぎると突然変異を起こすんだぞ！」

「それがおきた。突然変異を起こしたセンパイ風邪の魔物はセンパイに乗り移るんじゃなくて、センパイに増殖してふえるようになってしまった。その子はかなり小さかったから、学生寮のほとんどにうつってしまったんだ」

「大感染じゃないか！」

「それだけじゃない、どうやら感染者にとってのセンパイじゃなくて、何かのセンパイなら感染するようになってるらしい」

「大事じゃないか！」

「……国が滅びかねないわ」

コハク姫がぼそっとつぶやいた。

まったくその通りだ。

もともとのセンパイ風邪なら、感染者と関係のない人間ならセンパイにならないから、安心して退治することができるんだが。

なんかのセンパイなら感染するってなるほど、ほとんどの人間が感染対象になる。

まったくなんて事をしてくれたんだおっさんは。

時代錯誤の根性論を押しつけて事態をややっこしくするなんて！

「そういう訳だ、来てもらってわるいんだけど、ギルドに状況を報告してクエストのグレートをあげた。これはもうAランク以上の案件だ」

「……そうか、それなら問題無い」

「なんだって？」

「サヤカ、ギルドカードを」

「はい！」

サヤカは言われた通りギルドカードを取り出しておじさんに見せた。

Sランク冒険者を示すギルドカードをみて、おじさんはまるで救いの神を見たかのような顔になる。

「早い！　ギルドはもう新しい冒険者を派遣してくれたのか」

なんか勘違いしてるな。

そういうわけじゃないけど、そういうことにしておこう。

☆

おじさんをおいて、サヤカとコハク姫を連れて寮に向かっていった。

「サヤカは気をつけろよ」

「わたしですか？」

「そうだ、奴隷としてセンパイだからな」

「あっ……」

言われてハッとするサヤカ、横にいるコハク姫を見る。

コハク姫の立場は複雑だが、それでもサヤカがセンパイなことに変わりない。

「分かった、気をつける！」

「コハク姫は大丈夫なのか？　なんかのセンパイだったりすることは？」

「そういうのはないわ、王族だから」

それならいい。

ちなみに俺も大丈夫だ。

人口のすくない村に育ったから、センパイじゃない。

三人で寮にはいった。

玄関に学生が一人倒れていた。

倒れてる生徒の横にプカプカと、センパイ風邪の魔物がうかんでいた。

丸い体がそのまま顔になってて、細い手足とコウモリのような羽が生えてる。

「ヒャッハー、センパイだー！」

魔物は分裂してサヤカに飛びかかった。

「サヤカ、反撃だ！」

「は、はい！」

いきなりの事で戸惑ったサヤカ。

でも魔物の十倍の速度で反撃して、ビンタで張り倒した。

魔物は地面にたたきつけられて、動かなくなった。

「フリーズ！」

その間、コハク姫はものすごい速さで魔法を詠唱して、学生に憑《つ》いたままの魔物を倒した。

増殖前と後、両方の魔物を、二人の奴隷のコンビネーションで倒した。

「増殖した分はサヤカを狙ってくるな。サヤカもセンパイだから、うつされると変異する可能性があるから自分をちゃんとまもれ」

「はい！」

「コハク姫は今の様にたのむ」

「わかったわ」

魔物を退治した学生がもとに戻ったのを確認して、学生寮内を歩き回った。

あっちこっちに学生が倒れてる凄惨な現場だった、そして魔物は遭遇する度に「センパイだー」って叫んでサヤカに飛びついてくる。

その度にサヤカとコハクが増殖前と後を余裕で倒した。

この調子なら大丈夫だな。

そう思いながら、大食堂にやってきた。

あっちにこっちに二十人ほど倒れている、全員がセンパイ風邪にかかってる。

「気をつけろサヤカ」

「大丈夫です」

サヤカははっきり言い切った。

相手の十倍速く動けるのだからいっぺんに来られても大丈夫ってことか。

そうだろうな、って俺が思っていると。

「お兄ちゃんだー」

「兄貴だー」

「にぃにー」

センパイ風邪の魔物が増殖して——俺に向かってきた。

待ち構えてるサヤカやコハク姫じゃなくて、全員が一斉にこっちに向かってきた。

なんで俺？

……突然変異か。

妙に頭が冷静だった。

大勢がいる大食堂のなか、大量の学生。

なんかがあってまた突然変異したんだな。

それが「センパイ」じゃなくて、「お兄ちゃん」にも感染する様になった。

昨夜電書ハトで送った手紙の事を思い出した。

手紙、ちゃんと届いたよな。

「やあぁ！」

「フリーズ」

両横からサヤカとコハク姫が動いて、襲ってきた魔物をまとめて倒した。

「大丈夫ですかハードさん」

「ああ、大丈夫だ」

「いきなりの事にも動じない……これ程の大物感なら、きっと……」

コハク姫はサヤカを彷彿させる様な、ぶつぶつの独り言をいった。

なんだ？『ちーと』を持つと独り言が増えるのか？

まあいい、今はそれどころじゃない。

「コハク姫、あなたも気をつけた方がいい」

「え？？」

「俺が狙われる様になったって事は、あなたも狙われる突然変異が起きてる可能性がある」

「わかったわ」

「状況判断も速い。奴隷がすごいだけの寄生虫ではない……？」

頷くコハク姫、だがやっぱりブツブツ言ってる。

言ってるけど今はそれを気にしてる余裕はない。

二人を連れて、学生寮内を回った。

危惧した通り「偉い人ー」を襲うセンパイ風邪の魔物がいた。

幸いにも、サヤカとコハク姫で全滅させる事が出来た。

こうして、拡大すれば国そのものが滅びかねない程の突然変異を、なんとか水際で食い止めることが出来たのだった。

11. 潜入と正面突破

いよいよ当日になった。

コハク姫を助ける、本物の国王を助ける決行の当日。

サヤカとコハク姫、奴隷の二人と一緒にギルド『ラブ＆ヘイト』にやってきた。

表でリサと遭遇した。

そこで待ってたリサは俺を顔を見るなりよってきた。

ものすごく得意げな顔をしたまま歩いてきた。

「やっとご出勤？　駆け出しのくせに大物ぶってるわね」

徹底的に俺を見下し、さげすんだセリフ。

不思議だ、腹が立たない。

むしろ「お、おう」ってのが感想だ。

「リサはこんなところで何をしてたんだ？　ギルドのクエストをうけるのか？」

「ギルドのクエスト？」

リサは失笑して、その後鼻で笑った。

「そんなまだるっこしいことするわけないじゃん。聞いて驚きなさい？　あたし、ものすごく割りのいい仕事を見つけたの」

「わりのいい仕事？」

「そ。前金で銀貨二百枚、成功報酬銀貨三百枚もらえる事になってるの」

「五百枚も⁉」

「しかも今日一日で」

「一日で⁉」

びっくりした、それが本当ならかなり割がいい。

なにしろ合計五百枚ってのは、自宅の増築一回目ができる程の金額だ。

まさかな――って思ってると。

リサはずっしりした銀貨袋を取り出した。

「ふふん、どうよ」

「おー」

ざっと見た限り、まちがいなく銀貨二百枚は入ってる袋だ。

本当だったのか。

「ふふん。それじゃ、あたしはもう行くね。ハードはそのまましょぼい仕事でもやってなさい」

リサはそう言って立ち去った。

ちょっと離れたところで待ってるイケメンのアイホーンと合流して、そのまま立ち去った。

「いやな人です……」

「可哀想な人だと思う」

奴隷の二人がそれぞれ自分の感想をつぶやいた。

俺は彼女の後ろ姿が完全に見えなくなるまで見送ってから、ギルドの中に入った。

ギルドの中にサイレンさんと知らない男がいた。

窓とかはコハク姫が出てきたときと同じく締め切ってる。

それで色々察した。

サヤカも後ろでごくりと固唾《かたず》をのんだ。

知らない男をおいて、とりあえずサイレンさんに話しかけた。

「お待たせしましたサイレンさん」

「心の準備はできた?」

「それは出来てる」

「そう。それじゃあ協力者を紹介する。この人はノードさん」

「お初にお目にかかる。ノード・ギャラクシーだ」

「ハード・クワーティーです」

ノードと握手した。

四十代くらいの中年男で、立派なヒゲを生やしてて、服の胸のあたりに星の模様を三つ重ねた刺《し》繍《しゅう》がある。

どこかで見た事のある紋様だなそれ。

どこだろう……。

「ノード長官、あなたが協力してくれるの？」

「王女殿下、よくぞご無事で」

ノードはコハク姫に頭を下げた。

二人はどうやら知りあいみたいだ。

「まさかあなたがくるとは……わたしを指名手配したのはあなたのはずなのに」

「仕方なかったのです、殿下。それが国の方針、わたしでは横車を押すことはできません」

「それもそうね」

コハク姫とノードとのやりとりを聞く。

サイレンさんが横にやってきて、説明してくれた。

「ノードは警察庁の長官なの。コハクの指名手配は彼の命令でだしたものだけど、彼もまた上から命令されただけだから」

「なるほど」

命令されて仕方なくやったけど、実はコハク姫の味方だった、ってことか。

そういう人をよく見つけてきたなあサイレンさん。

☆

俺、サヤカ、コハク姫。

三人はノードと一緒にプリブをでて、王都・マーキュリーにやってきた。

駅からウマ車の特急にのって一時間、あっという間についてしまった。

マーキュリーの駅にはたくさんの人がいて、中には兵士や警察もいたが、長官のノードが一緒についてたから、職質とかされなくて素通りだった。

その後とある建物につれ込まれた。

建物は普通の民家だったが、台所に地下への階段があった。

何かあったときに王族が城から脱出するための地下道で王宮に続いてる。

同時に、途中で例の地下道を通る。

こうして、俺とサヤカ、そしてコハク姫。

三人で、国王を助けるための地下道に足を踏み入れた。

☆

「うぅ……この魔物、頭がお尻になってて気持ち悪いです……」

サヤカが泣きそうになっていた。

意外と広い地下道、そこかしこに頭がお尻になってる、四足歩行の魔物がいた。

「うわ！　お口のお尻からウンコしましたよ!?」

セリフだけ聞くとサヤカの頭がおかしくなったように聞こえるが、見たものをそのまま言っただけなんだよな。

ちょっとだけ認識違いはあるけどな。

「あれは口じゃなくて鼻なんだ。今出してるのは鼻くそだ」

「鼻くそってそういう意味のくそじゃないですよね!?」

「ちなみにこの魔物の名前はシリウマ」

「見た目通りだぁ……」

「気が弱くて基本的には無害だけど、どれか一匹でもキレて襲いかかってきたら他も全員尻馬にのって襲いかかってくる」

「そんなぁ……」

「刺激しなければ無害よ。このままやり過ごそう」

コハク姫がそういった。

彼女の先導で進んだ。

「どれくらい歩くんだ？」

「もう少しよ。逃げるときは追手をまくために複雑になってるけど、外から中に入るのは一本道だから」

「なるほど」

コハク姫はフランクな口調で説明してくれた。

最初にあったとき、締め切ったギルドの中の時と同じ口調だ。

どうやら彼女は他人の目があるのとないのとでちょっと口調が変わるみたいだ。

そのまま進む。

あっちこっちにシリウマがいるが、刺激しないで進む。

しばらくしたらちょっと開けた、地下なのに広場っぽくなってるところにやってきた。

「このまま進むと王宮、逆にあっちに行くと例の地下牢が――」

「あんたたちが引受人?」

王宮へ向かう道から声がして、二人組の男女が現われた――って。

アイホーンとリサじゃないか!

向こうは箱みたいなのを台車で運んでて、こっちと同じように、俺を見てびっくりしてた。

「ハード? あんたどうして」

「それはこっちのセリフだ、おまえ割りのいい仕事をしにいったんじゃないのか?」

「そうよ。まったく、ここであんた達に会うなんて。ハードに用がないからさっさと行きなさい」

「待てリサ、それはクエスト主の命令と違う。クエスト主は『やってきた三人組に箱の中身を渡せ』だ」

「でもハードだよ?」

「でも三人組だ」

「……むぅ、しょうがないな」

リサはブツブツ言いながら俺の方を向いた。

ものすごくいやそうな顔をして、箱を台車ごと押し出してくる。

台車も箱もものすごく大きくて、俺達三人が入れるくらいの大きさがある。

「はい、これ」

「それは？」

「知らないわよ。あたしたちは運んできただけなんだから。それよりも早く開けなさいよ。中身を受け取ったところまで確認しろ、って言われてるんだから」

「……」

なんだろう、この展開は。

微妙にいやな感じだ。

リサがここにいるのもそうだし、訳の分からない箱なのもそうだし。

指示された内容も曖昧で、ものすごくいやな感じがする。

どうしよう、箱を開けるべきか――なんて考えていると。

「もうまだるっこしいな！　開けるよ！」

「リサ――」

「こっちが開けて中を渡したらダメだなんていわれてないから」

アイホーンが止めるのを一喝して、リサは箱を開けた。

蓋《ふた》が開く、思わず身構える。

中から出てきたのは黒いシリウマだった――黒いシリウマ⁉

「まずい！　リサ！　早く蓋を閉じろ！」

「はあ？　あたしに命令してんじゃないわよ――」

リサの反発、そのわずかな一瞬の隙を突かれた。

黒いシリウマは箱から飛び出て、黒い尻の顔に青筋をビクンビクンさせた。

「ハードさん、黒いシリウマってだめなんですか？」

「ダメなんだ、あれは見たとおりものすごく凶暴で、誰彼かまわず襲う性格をしてる」

「……それでいてシリウマだから、他のシリウマも乗ってしまうのですわ」

他人行儀にコハク姫が説明を補足した。

その直後、黒いシリウマはそばにいるリサを蹴っ飛ばした。

助けにはいるアイホーンも同じように蹴っ飛ばした。

先制攻撃した黒いシリウマ。

直後、ドドドドドド、と地鳴りのような音が聞こえた。

前後左右、道という道から馬の蹄の音が聞こえる。

「くるぞ！　サヤカ、応戦だ！」

「ひぃーん！」

サヤカは泣きそうな顔をしながら尻顔の馬たちに反撃した。

ものすごく嫌そうだが、それは精神的なもの。

地面や壁を蹴り砕くシリウマの大群を次々と倒していった。

コハク姫も同じだ。

彼女は魔法でシリウマを倒していく。

二人の戦う姿をみて、黒いシリウマに倒されたアイホーンとリサの姿をみて。

はめられた。

俺は直感的にそう思った。

☆

百は優に超える普通のシリウマと、黒いシリウマをまとめた倒したあと。

未だに気絶しているアイホーンとリサを囲んで、作戦会議をする。

「どうやらはめられたようね」

コハク姫が言った。

「やっぱりそう思うか」

「わざわざ起爆剤になる黒いシリウマを運ばせてきたもの。それに『受取人』が三人だとピンポイントに指定してきたし」

「じゃ、じゃあ……これはわたし達を狙った罠なんですか？」

「そういうことになるな」

「心当たりはないか、コハク姫」

「……あなたは？」

「ノード、それかサイレンさん」

俺がいうと、コハク姫は頷いた。

タイミングといい、リサたちに与えた情報といい。

それをやったのはノードかサイレンさんしか考えられない。

「どうしよう……」

「このまま進めばいいと思う」

悩むコハク姫に俺は即答した。

「このまま？」

「どんな敵が出てきたって倒せばいいだけだ。サヤカと、コハク姫の二人で」

「あっ……」

自分達の名前を挙げられて、コハク姫は自分の手を見つめた。

左手薬指にある奴隷指輪。

奴隷の証、『ちーと』の証。

ついさっきシリウマの大群を二人で撃退した力。

相手の十倍強くなる力。

その力さえあればどんな相手でも倒せる、それをコハク姫は理解した。

「わかった、進もう」

うなずき合って、俺達三人は再び進み始めた。

王宮ではなく、地下牢に向かう道に入った。

「……」

その場を離れる直前、気を失ってるリサをちらっと見た。

箱を開けるように指示されたリサ。

使い捨てのコマだったよな……と、ちょっとだけ彼女の事を気の毒だと思ったのだった。

12. 奴隷とドラゴン

地下道は平和だった。

ここが巣なのか、あれからもちょくちょくシリウマと出くわしたけど、気が弱いシリウマ単体は刺激しなければ襲ってこない。

むしろ向こうから逃げてく。

シリウマをやり過ごしつつ、先にすすむ。

……そういえば。

「コハク姫、国王は今でも生きてるのか？　話を聞くとずっとここに監禁されてるんだろ？　しかもコハク姫が追われて賞金首になってだいぶ経つ。その間に亡くなってるなんてことは？」

「それは大丈夫」

コハク姫は即答した。

「お父様がもし亡くなってればこの髪飾りが壊れるから」

そういって、ツインテールの根元の髪飾りをさした。

「忘れない形見か」

「忘れない形見？　忘れ形見じゃないんですか？」

サヤカが首をかしげてた。

むしろ忘れ形見ってなんだ？

「忘れない形見ってのは魔法アイテムの一種で、忘れる形見ともいう。渡した人間が生きてればそのままで、死んだ瞬間に崩壊するものだ」

「どうしてそんなものが？」

「大昔に戦争に行った男達のために作られたものだってきいた。戦争にいっちゃうと死んでるかどうか分からないケースがあるから、忘れない形見が残ってたら待っててくれ、壊れたらあたらしい人を見つけてくれ、って妻にわたすんだそうだ」

「……はじめて真面目な話かもしれない」

またサヤカがブツブツいってる。

俺は説明を続けた。

「つまり、それは国王がサヤカ姫に渡したもので、まだあるから国王は生きてる、ってことだな」

「そう。お父様からのプレゼント、王家のものはみんな持ってる」

「……なるほど、偽物の国王がいて、忘れない形見もあるから殺せないし、実際ものが残ってるから死んではいない、ってことか」

コハク姫は静かにうなずいた。

それなら大丈夫だな。

「あっ」

「どうしたサヤカ」

「髪飾り、ちょっと割れた」

「え？」

俺はパッとコハク姫のツインテールの根元をみた。

コハク姫もびっくりしてそれに触った。

サヤカの言った通り、ちょっとひび割れてる。

壊れてないけど、ひび割れた。

……命の危機？

そんな言葉が脳裏をよぎった。

☆　ｓｉｄｅ国王　☆

地下道の脇道、牢屋の前。

柵を挟んで、二人の男が向き合っていた。

柵の外にいるのは胸に三つ星の紋章をつけた警察庁、ノード・キャラクシー。

柵の内側にいるのは身なりは汚くやつれているが、鋭い眼光の男。

国王、スウェー・サローティアーズ。

かつての主従が、柵越しににらみあっていた。

「何をしに来た」

「あなたに引導を渡しにきたのですよ、陛下」

「ずいぶんと急な話だな」

「いいえ、むしろようやくなのです。ようやく最後の障害を取り除く目処がついたのですよ」

「コハクか」

「ええ。陛下がここにいると知っている唯一のもの、コハク姫。彼女を亡き者にする目処がようやくついたのです」

「コハクは易々とやられるような娘ではない」

「そんな事をいっていられるのも今のうちです。後ほど死体を運んでくればいやでも信じたくなります。まあ、ウマに蹴られて面影がないほどつぶれているかもしれませんが」

「わたしを殺すとコハクだけじゃなく、王族全員に事が露見するぞ」

「忘れない形見のことですかな」

ノードは懐から布の包みを取り出した。

それをわざとらしく、国王に見せびらかすように広げた。

包みの中は置物や髪の串、ゲームのコマと、色々はいっていた。

一見まとまりがないが、全部に同じ紋章が刻み込まれてある。

王家の紋章。

国王の忘れない形見である事を示す紋章だ。

「すべてすり替えました。いけませんなあ、身につけるものをお渡ししないとこのように簡単にすり替えられます」

「……」

国王はわずかに眉をひそめた。

「すり替えられなかったのはコハク殿下がもつ髪飾りのみ。おっと、それもウマに蹴られてつぶれているかも知れませんなあ」

「……なぜこんなことをする。わたしを亡き者にしても国がお前のものになることはないぞ」

「陛下におかれましては、歴史に名を残す名君となっていただきます」

「なに？」

「この後、サローティアーズ王国には様々な天災が押し寄せます。嵐、地震、干ばつ、……ありとあらゆる災害が押し寄せます。今もすでに、疫病が徐々に広まりを見せております」

「疫病？」

「突然変異するセンパイ風邪、といえば理解できますかな？」

国王の顔が強ばった。

「一年にも満たないうちに立て続けに災害に見舞われたことで、陛下は自身の――ひいては王家そのものの徳のなさを痛感し、災害の解決に尽力したものに禅譲する。という筋書きになっております」

「それがお前か」

ノードは静かに口角をゆがめた。

「後に災害は嘘《うそ》のようにとまります。民のために王国の歴史を終わらせる英断を下した陛下は永く歴史に語り継がれることでしょう」

「それで何人が死ぬ！」

「わたしも滅ぶだけの箱を手に入れてもしかたがありません。まあ、数十万人程度に抑えはしましょう」

「その野望のために数十万人を犠牲にするのか!?」

「戦争で国をひっくり返すよりはよほど犠牲が少ない」

どなる国王、冷笑を続けるノード。

そのやりとりが今の二人の立場、そして王国の行く末を表しているかのようだ。

「さて、名残は尽きませんが」

ノードは剣を抜いた。

国王はぎりぎり歯ぎしりした。

ここまでの大がかりな計画、そして埋められた外堀。

国王にはもう、自分にはひっくり返す程の力はないと悟った。

悔しいが、ムリだと、悟ってしまった。

観念した。

ノードの剣が柵を越えて突き出てくる。

国王はノードを睨んだ。

その姿を網膜に焼き付けて、地獄まで持っていくかのように。

「一足先に待ってる」

「あの世などありませんよ」

冷笑して、さらに剣を突き出すノード。

切っ先が国王の喉に届いて。

ピキーン！

音をたてて柵ごと凍った。

☆ side国王 終 ☆

話し声が聞こえて、駆けつけた先にノードがいた。

ノードは牢屋っぽいところの前に立って、剣を抜いている。

その剣を突きつきた先は柵の向こう。

そこにぼろぼろな格好の中年男がいた。

「お父様！」

コハク姫が叫びながら手をかざした。

ノードの剣が柵ごと凍ってしまった。

「コハク姫⁉ 馬鹿な！ シリウマの大群を抜けてきただと⁉」

ノードが驚愕《きょうがく》した。

俺達は駆けつけて、男とノードのあいだに割り込んだ。

ちらっとみる、コハク姫は中年男の事をものすごく気にしてる、お父様とも呼んだ。

つまりこの男が助けるべき国王か。

「貴様ら、どうやってここに！」

「シリウマを倒してきただけ」

「馬鹿な、不可能だ！　汚いシリウマに先導された数百匹のシリウマの群れをわずか三人でぬけてくるなど」

「それは間違いだ。やったのは二人だ」

ノードは忌々しげに俺を睨んだ。

「終わりだな、ノード」

柵の向こうから国王が静かに言った。

「大それた事を成し遂げる、綿密な計画があったとおもう。が、そういう計画はほんのわずかなほころびですべて破綻するものだ。そして今、ほころびがここにある」

状況はやっぱりよく分からない。

わからないけど、国王がある意味勝利宣言をしているのだけはわかった。

「そこのものよ」

「え？　俺？」

「そうだ。そこの男をとらえてくれまいか。できれば生け捕りにしたい」

「わかった」

俺は頷いた。

ノードがそれを聞いて、逆上した。

「バカに……するなあああ！」

そして怒鳴った、血走った目で俺をみた。

「綻びだと⁉　そんなものは関係ない！　状況は何一つ変わらない！　ここにいる人間を全部消し去れた計画は計画のままだ！」

……。

ここにいる人間全員消せば、か。

「冒険者の分際でその顔をするか！　俺を！　ただの文官だと思うな！」

「いや別に――」

「うおおおお！」

ノードは胸もとの三つ星の紋章をもぎ取って、握り締めた。

何かはいってるのか、握り締めた手のひらから血が出た。

直後、異変がおきた。

ノードの体が膨《ふく》らみあがった。

ぼこぼこと音をたてて、変異しながら膨らんだ。

「あれはまさか――そこのもの！　早くヤツを止めろ」

国王が切羽詰まった声で叫んだ。

よほどノードがしてることがまずいのか。

変身――そう変身してる。

変身しきったらまずいのか。

「何をぼうっとしている、早く！」

「大丈夫だ」

俺は動じなかった、大丈夫だと思って、その通りに言った。

「サヤカ」

「はい！」

「捕まえて、そのまま動かないように捕まえてて」

「わかった！」

「捕まえるって——あれはそんなに生やさしいものでは——」

「お父様」

叫ぶ国王とは対照的に、コハク姫もかなり冷静だった。

静かな口調で、父親をたしなめる。

「大丈夫、彼に任せて」

「コハク……？」

「大丈夫だから」

話してるあいだにもノードは変身を続けた。

人間じゃなくなった。

大きく膨らんだ体は変異に変異を重ねて、なんとドラゴンになった。

なるほど、だから国王は焦《あせ》ってたのか。

「ブラックドラゴン、邪竜王の血を手に入れたのね」

「そうみたいだ」

「じゃりゅうおうのち？」

「そういうものがあるんだ。大昔に死んだドラゴンの王様の血で、手に入れた人間はあんな風に黒いドラゴンに変身する」

「そ、そうなんだ……あの」

サヤカはおそるおそる聞いて来る。

「今までみたいな変な話は……ないんですか？」

いままでみたいな変な話ってなんだろ。

意味がわからないけど。

「見た目通りからだがでかくてパワーもあって、硬くて強大な魔力も持ってる」

「あ、はい……」

「だからサヤカ、取り押さえろ」

「はい、わかりました」

「まて、ブラックドラゴンに無策でつっこむのは——」

国王が叫ぶ、ブラックドラゴン・ノードが前足を振り下ろしてきた。

サヤカに振り下ろされてる、彼女のまわりの地面にヒビが入った。

入ったが——サヤカは無傷だった。

無傷のままブラックドラゴンの前足をつかんだ。

ブラックドラゴンは動けなかった、もう片方の脚を振り下ろしてきた。

サヤカはそれもつかんだ、ますます動けなくなった。

サヤカの『ちーと』は相手の十倍速くなって——十倍力強くなる。

それはブラックドラゴンにも適用されるみたいだ。

十倍の力で拘束されたブラックドラゴンはまったく動けなかった。

もがいて、絶叫する。

普通なら暴れ出すところだが、サヤカに取り押さえられて、暴れる事さえも出来ない。

「これでいいですかハードさん」

「ああ、よくやった。つかれるだろうがしばらくそうしててくれ」

「はい！……ハードさんにほめられた、ふふふ」

ブラックドラゴンを押さえたまま、サヤカはいつもの様にブツブツいった。

それをおいて、国王の方を向く。

国王は驚いていた。

目を見張って俺をみていた。

「その胆力、落ち着き、そして連れている部下。そなたは……なにものだ」

なにものだか……どう名乗ろう。

と、思っていると。

コハク姫は魔法をつかい、凍った柵ごと破壊した。

コハク姫の魔法にも驚く国王。

そんな国王に、コハク姫は言い放った。

左手薬指の奴隷指輪を見せて、言い放った。

「わたしたちのご主人様よ」

助け出された国王はますます。
それこそ——死ぬほど驚いたのだった。

☆

こうして国王を助け出して、王宮に向かった。

本物と偽物、二人の国王が対面して混乱が起きたが、忘れない形見をはじめとするいろんな魔法アイテムがあって、あっという間にこっちの国王が本物だって証明された。

コハク姫の主張と証明が通って、俺は救国の英雄になって。

翌日、ものすごい好待遇で王宮に呼び出されて、国王の前にやってきた。

13. 夢見る未来

一晩泊った宿屋に親衛隊の隊長って人が迎えにきて、その親衛隊に護衛されて王宮に向かった。

途中でものすごく音楽を鳴らされた。親衛隊が護衛しただけじゃなくて、宮廷楽師って言われた人が大量に出てきて、音楽を演奏しながら俺を護送した。

親衛隊の護衛、宮廷楽師の演奏。

当然ものすごく注目を集めた。

沿道に民衆があつまって、好奇心全開で俺の事を噂した。

「って事はあれが国を救った英雄様？」

「まだお若いのにやるもんだ」

「隣の娘は何者だい？」

「指輪をつけている、奴隷のようだ」

「英雄様の奴隷だなんて……うらやましいなあ」

ノードの陰謀を打ち破った事が一晩ですっかり噂になって駆け巡って、俺はちょっとした有名人になっていた。

進んでいくうちに歓声があがるようになった。

野次馬に集まった人々が俺の事を褒《ほ》め称《たた》えた。

王宮に着いた頃には一生分の褒め言葉を聞かされていた。

そうして今、謁見の間にいる。

兵士が数十人いて、ものすごく護衛が物々しい。

敵意はないけど、そのせいでサヤカがあわあわしている。

俺とサヤカは国王に謁見している。

国王は玉座に座ったまま、昨日とはまったく違う、大仰な口調で話しかけてきた。

「ハード・クワーティー。この度は大儀であった」

「えっと、はい」

「そなたの働きで我がサローティアーズ王国が救われた。あのままノードの陰謀が成ればこの国はかつてない暗黒期に突入したであろう。国を救ってくれたこと、全国民を代表して礼を言う」

国王はそう言って頭を下げた。

兵士がざわざわした。

国王が俺に頭を下げた事に驚き、その驚きが俺への尊敬に変わる。

サヤカはまだアワアワしてる。

俺は沿道の噂でちょっとは慣れたから、普通に国王に気になってる事を聞いた。

「あのブラックドラゴンは大丈夫なんですか？　引き渡した後どうしました？」

「うむ、あれならコハクのアイスバインドで拘束している。これもそなたのおかげなのだな」

「俺の？」

どういう事なんだろ。

「アイスバインドは拘束魔法のうちでもっとも弱く、実力差が三倍あっても容易に引きちぎられるものだが、コハクのそれはブラックドラゴンを完全に拘束している。通常ならあり得ないことだ。まったく、驚嘆にあたいするよ」

そりゃあな、コハク姫の『ちーと』は相手の十倍の魔力だもんな。

最弱のバインドでも拘束する事ができたんだな。

「それを聞いて安心した」

これで一段落だな。

「こちらはそういうわけにはいかぬのだ」

「うん？　どういうこと？」

国王は真顔で俺を見つめた。鋭い目はそのままだけど困ってる顔だ。

「そなたの働きに対し、褒美《ほうび》が言葉だけという訳にもいくまい」

「救国の英雄には何かを与えねばならぬ。民もそれを望んでおろう」

はあ。

「その方、何か望むものはあるか？」

「あっ、じゃあ家のローンを」

「ローン？」

「家を買ったんですけど、ローンはまだほとんど払ってないんです。それを払ってくれたら」

タイラー・ボーンの店で買った家の事だ。

そのローンをちょっとでも減らせばいいな、って思っておねだりした。

目を見開かせる国王。

やべ、流石にローンはおねだりしすぎか？

そう思って何か別のをおねだりしよう、そう思ってると。

国王は苦笑いして、頷いた。

「ふむ、わかった。ではそうしよう。だれか」

国王はちょっと考えた後、手を鳴らして人を呼んだ。

外から国王より年がいってる、初老くらいの男が現われた。

国王は男に命令した。

俺がプリブの街で買った家のローンを全額精算して来いと。

初老の男は命令をうけて、俺から詳細を聞いて、すぐさま外に出て行った。

ちょっと嬉しいな。

Sランクのクエストとして受けたけど、ローンを全部肩代わりしてくれるんなら予想以上の報酬だ。

だから嬉しい。

「さて……」

男が出て行ったあと、国王は俺を改めてみた。

まだ難しい顔をしてる——どうしたんだろ？

「コハクの事なのだが」

「あっ、そういえばコハク姫どうしたんですか？」

昨日宿屋に泊ったのは俺とサヤカだけだ。

コハク姫は国王を助け出した事もあって、ごだごだでやる事があるって事で、ひとまずわかれたのだ。

そのコハク姫は今いない、俺のそばにいないいし、謁見の間にも姿が見えない。

「コハクだが、解放してやってくれないか」

「え？」

「奴隷を持つのが夢だと聞いた。コハクの代わりに千人あてがおう。だからコハクを——」

「お断りします」

国王が全部言い切る前に、きっぱりと断った。

国王の眉毛が逆ハの字になった、口元がヒクってなった。

まずかったか？

いやでもここは譲れない。

譲れないのだ。

「王女を奴隷にしたいというのであれば、そのような身分の娘を改めて――」

「ちがう、そうじゃない」

「ではなんだ？」

「コハク姫がいい、それだけのことだ」

「コハクがいい？」

「そう」

俺ははじめてコハク姫に会ったときの事を思い出した。

ギルドで再会した時の事を思い出した。

確かに奴隷はほしい。

でも可愛い子がほしいんじゃない。

お姫様がほしいんじゃない。

コハク姫……コハクがいいんだ。

「どうしてもか？」

「どうしてもだ」

「いにしえの作法に従い国の半分と交換しよう、と言ったらどうする？」

「国とかいらない、いいからコハクだ」

「……」

「……」

国王は俺を見つめた。

真っ向から受け止めて、見つめ返した。

ここは——譲れない。

「と、いうことのようだ」

「……え？」

国王は何故か俺にじゃなくて、横に向かって話しかけた。

玉座の横、カーテンの裏からコハクが現われた。

昨日わかれた時のままの格好、地面に届きそうな長いツインテールと、左薬指の奴隷指輪をつけて。

「どうやら彼は、千人の美女よりも国の半分よりも、お前の方がいいらしい」

「だからいったのに。付き合いは短いけど、間違いないって」

「そうであったな」

国王は苦笑いした。

一方のコハクは得意げな顔をした。

「えっと……どういうことなんですか？」

おそるおそる、ちょっと敬語気味で聞く。

「すまない、試させてもらった。お前が娘を託すにふさわしい男なのかとな」

え？

……あっ！

そ、そういうことだったのか！

もし俺がちょっとでもまよったりしたらダメだった、そういうことか。

くそ、変な試しかたしやがって。

あっ、でも。

コハクは俺の事を信じてたっていってたな。

それは嬉しいぞ。

そのコハクは国王のそばを離れ、俺の前にやってきた。

「改めてよろしく、ハード……ううん」

首を振ってから、まっすぐ俺を見つめる。

「ご主人様」

と、呼んでくれた。

はじめて呼ばれたご主人様、俺はジーンと来た。

「ご主人様……いいなあ。わたしも呼ぼうかな、ご主人様」

感動して、サヤカが何かブツブツ言ってるのを聞き逃したのだった。

☆　side？？？　☆

大陸某所。

男が三人、女が一人。

年齢も格好も、喜怒哀楽の表現も。

全てがばらばらの四人が一堂に集まっていた。

「で、今日は何の用?」

女が聞き、一番年上でガタイのいい男が答えた。

「ノードがやられたようだ」

「なんだって?　それじゃあサローティアーズを乗っ取る話は?」

「失敗、しただろうな。詳しい状況を探らせ続けているが、どうやら本物の国王が戻っているようだ」

「完全に失敗じゃないのよ!」

「けっ、所詮はその程度の人間だったたって事だ。もともと使えねえやつだったろ?　王国を乗っ取れるかどうかも確率半々だっただろうが」

「……邪竜」

末席の男が口を開く。

寡黙な性格なのだろうか、しかしその口から放った言葉はクリティカルで、核心をついていた。

全員がそれを聞いて、難しい顔をした。

「そう、ノードに邪竜王の血を与えてある。計画を完遂出来ないのはひとえにヤツの無能のせいだが、あの国にブラックドラゴンを……邪竜王の血を使ったブラックドラゴンを倒せる人間がいるって事になる」

「けっ、だからなんだってんだ」

男の一人が立ち上がった。

「邪竜王の血でブラックドラゴンになったから、倒した人間には注意しろ？　ちげぇよ。クズは所詮クズ、邪竜王の血を使ったところで多少まともなクズになったってだけの話だろうが」

「そうだといいがな」

「けっ」

男は吐き捨てて、きびすを返して立ち去ろうとした。

「ちょっと！　どこに行くのよあんた、話は終わってないのよ」

「知るか。緊急事態って聞いたから俺はきたんだ。クズがやられたってだけの話ならそんなのどうでもいい」

男はそういって、一番年上の男――話を切り出した男を視線で確認した。

返事はない、それだけだ、と言外にしめした。

「へっ」

男はそのまま立ち去った。

「……留意」

「ああ、そうだな」

「同感。邪竜王の血、あれは本当なら人間ごときにどうこう出来る代物じゃないからね。せめてノードが予想以上のダメ人間で、本当に使いこなすことすらできなかったって祈るだけだね」

女がそういって、男達は頷いた。

この場に重い沈黙が流れた。

ノードの敗北。

そのショックを与えた奴隷使いと彼らの邂逅は、まだ少し先の話。

まずは、この場を真っ先に離れた男……。

☆　side？？？　終　☆

プリブの街に戻ってきて、ギルド『ラブ＆ヘイト』にやってきた。

サヤカとコハクを先に家に帰らせて、俺一人で報告にきた。

が、報告するまでもなかったようだ。

「一つ星《シングル》ギルド？」

「そう。冒険者がクエストをこなしてランクを上げるのと同じように、ギルドも実績を積むとランクが上がっていくの。公認ギルドになった直後は星なしだけど、一つ星《シングル》、二つ星《ダブル》、三つ星《トリプル》と上がっていくんだ。今回の件でうち、一つ星になった」

「そうだったんだ」

「これもハードのおかげよ」

サイレンさんは熱い目で俺を見た。

感謝の気持ちがこれでもかって込められてる。

ちょっとこそばゆい。

「星ふえて――女冒険者の……キャパ、も――」

「女に限定しない♪」

サイレンさんがすっ飛んでいって、カウンターの向こうにいるご主人（？）を折檻した。

これもすっかり見慣れた光景だなあ。

いつかあれの正体とか人数とか知りたいな。

「今日連絡を受けたばかりだからまだだけど、明日くらいから一つ星ギルドとして生まれ変わるから——また色々よろしくね」

「わかった」

俺は上機嫌なサイレンさんに別れを告げて、今日のところはまず家に帰った。

☆

「あれ？」

家が見つからなかった。

ウマ車の駅から徒歩で三分、街の中心にある目立つ場所の自宅に戻ってきたが、家が見つからなかった。

いや、それは微妙に違う。

家はある、あるが、王都に行く前と形が変わっていた。

大きくなって、外観が変わっている。

ここだよな——うん住所はあってる。

でも建物は違う、見覚えのない建物だ。

どういうことなんだ？

「あっ、ハードさん」

家の中からサヤカが顔をだした。

俺のところにトタタタとかけてきた。

「サヤカ。これはどういうことなんだ？」

「えっと、わたしたちが帰ったらこうなってました」

「帰ったらこうなってた？」

「代わりにこれがありました」

サヤカが一枚の紙をさしだした。

受け取って、書かれたことを読む。

「なんてかいてありますか？」

「タイラー・ボーンからだ」

「不動産屋さんの？」

「ああ——えっとなになに。ローン完済、ありがとうございますコン。せっかくだから増築をしておいたコン。費用は銀貨五百枚だけど、支払いはいつでもいいコン……だって」

「えええええ⁉　勝手に増築したんですか？」

「らしいな、ローンを払い終えたから」

驚くサヤカ。

その声を聞いたのか、コハクが家の中から出てきた。

「お帰りなさい、ご主人様」

「あっ！　うぅ……さりげなくご主人様って呼ぶ機会だったのに。わたしのばかばかばか！」

サヤカは何故かびっくりして。

いつも通りブツブツ何かを言い始めた。

いつも通りのサヤカと、コハクを順にみて、そして増築して部屋が増えた我が家を見る。

それをみて、コハクが微笑みながらいった。

「もう二人、増やせるようになったよ」

「だよな」

うなずく俺。

そう、もう二人増やせるようになった。

自宅が二部屋増えたって事は、奴隷も二人増やせるようになったって事だ。

ご主人様の甲斐性の一つに、奴隷であってもちゃんと部屋を与えるべきなのがある。

少なくとも俺の村ではそうだった。

無条件に増やせば良いってもんじゃない、増やせる程の力をもってから増やす、ってのが真のご主人様とされる。

サヤカをもう一度みて、コハクをもう一度見る。

二つの奴隷指輪をみて、二つ部屋が増えた家を見る。

「ふやす？」

「ふやす、の？」

二人の奴隷の問いに、俺は「もちろんだ」と答えたのだった。

第二章

14. 中古ワンルームは事故物件

「おはようございます」

朝、優しく俺を起こす声が聞こえた
鈴を転がすような美声、聞いてるだけで幸せになるような声。

こんな声を魔法時計のアラームにしたら超売れて大金持ちになるんじゃないのか？

そんな事をぼんやり考えながら目を開けた。

コハクが優しい表情で俺を見下ろしていた。

地面に届きそうなツインテールが特徴の、サローティアーズ王国のお姫様。

コハク・サローティアーズ。

ノード事件で俺に助けを求め、その時にカモフラージュで奴隷にしたら、事件解決後そのまま奴隷になった女の子。

美術品のような白い指。左手の薬指に奴隷の証である指輪がはめられている。

「おはようございます、ご主人様」

「おはようコハク」

「こちらがお召し物です」

「ありがとう。お召し物とかそういう言い回しはむずむずするから、これからは普通に服とかいってくれる？」

「はい、わかりました」

コハクは一瞬で口調がフランクになった。

いわれなかったけどそっちも揃えてくれた。

俺は起き上がって、服を脱ごうとした。

コハクはじっと俺を見つめた。

手が止まった、見られてると脱ぎにくい。

「まだ用事があるのか？」

「ご主人様が脱いだ服を回収しようとおもって」

「なるほど」

それならしょうがない、脱ぎっぱなしって訳にもいかないもんな。

俺は服を脱いだ、若干視線に不自由さを感じつつ服を脱いだ。

コンコン。

「おはようございます——ひゃん！」

今度はサヤカが入って来た。

上半身裸の俺を見て悲鳴を上げた。

「な、ななな、何をしてるんですか⁉」

隣に立っているコハクと俺を交互にみて、アワアワした。

「落ち着いてサヤカ、着替えを待ってパジャマを回収するだけよ」

「え？　そ、そうだったんだ……てっきり先越されたのかと思っちゃった」

サヤカはホッとした。

その後いつも通りブツブツいった。

サヤカ。

村から出てきた俺がはじめて買った奴隷。

世にも珍しい黒髪の子で、その黒髪は長くて綺麗で、まるでお人形の様な女の子。

はじめて、『ちーと』を意識させてくれた女の子でもある。

「おはようございますハードさん、朝ご飯出来てます」

「分かった。ちゃんと三人分出来てる？」

「はい」

「じゃあ一緒に食べよう」

「はい！」

俺は服を脱いで、着替えた。

コハクがパジャマを拾い集めた。

「回収いたします、ご主人様」

「うん」

「え？」

サヤカがまたびっくりした。

びっくりしたまま、俺とコハクを交互に見比べる。

今度はどうしたんだ？

「しまった……こっちは先に越されちゃった」

「またブツブツいってるな。サヤカ、なんか言いたい事があるのか？」

「え？」

「言いたい事があるんならいってくれ」

奴隷に何か望みがあれば、可能な限りかなえてやるのもご主人様の甲斐性だ。

もちろん奴隷をやめるとか、そういうのは論外だけどな。

「え、えと、その……」

「うん」

「ご、ごご、ごごごしゅ……」

「……？」

なんかいいたそうで、言い出せないでいるサヤカ。

本当に一体どうしたんだろ。

「ごしゅ――――ハードさんの好きな食べものを教えてください」

「好きな食べもの？　ラブチキンの叩きだけど？」

「わ、わかりました、今度それを用意します」

なるほど俺の好物を聞きたかったのか。

……それがなんであんなにもごもごしてたんだ？

「うぅ……ご主人様って呼べなかった……わたしのバカバカバカバカ」

またブツブツいってるし。

本当サヤカって不思議な女の子だな。

それが可愛くもあるんだけど。

☆

朝ご飯食べて、仕事のためにギルドにいこうと家をでた。

リサが現われた！

「おう、おはよう、ハード」

「あら。おはよう」

リサはものすごく明るい笑顔で挨拶《あいさつ》してきた。

同じ村で育った幼なじみ、リサ・マッキントッシュ。

昔一緒に冒険者になろうって約束しあった仲だけど、俺の事を捨ててイケメン冒険者に走った女だ。

それできらいになったが、よく見れば顔はいい。

笑顔にしてるとますます美人だ。

なのだが……なんかその笑顔……。

いやな感じがするのは何故だ？

「偶然ねハード、こんなところで何をしてたの？」

「でてきたところ見てなかったのか。ここが俺の――」

「そんな事よりもハード」

聞いてきておいて、そんな事よりも、で俺の言葉を途中で遮った。

むかしからその気はあったけど、というか最近ますます気づいたけど。

わがままな女だよなあ、リサって。

「あたしね、家を買ったの」

「そりゃすごいな」

「ふふ、そうでしょうそうでしょう。あたし気づいたんだ？　信用とかなくて買えないんなら現金を一気にたたきつけてやればいいんだって」

そりゃそうだ。

そりゃそうだけど、でもよく金があったな。

Eランク冒険者の彼女はそんなに金を持ってなかったはずだ。

ノード事件に関わって、前金で銀貨二百枚もらってたけど、それで家買えるものなのか？

「ここからちょっと離れたところにあるワンルームの部屋。快適よ？」

「ワンルームか……あれ？」

「どうしたのさ」

「あのイケメン……アイホーンはどうした」

「彼ならいるわよ。アイホーン」

リサは離れたところに向かって呼びかけた。

いやそういう意味じゃなくて、お前ら一緒に住むんじゃないのか？　なのにワンルーム？

そういう意味なんだが。

アイホーンが曲がり角から現われた。

リサが俺を捨てた原因、Dランク冒険者のアイホーン・スレート。

あいかわらずのイケメンだけど、心なしかやつれてる。

それに――。

「ハードさん、あの人、体がなんか光ってませんか？」

「ああ、ひかってるな」

力ない足取りでやってくるアイホーンは、サヤカが指摘した通りからだがぼんやり光っていた。

コハクが答えてくれた。

「あれはないぞうくんね」

「なに⁉　あのないぞうくんなのか？」

「間違いないね」

「うっそだろ……ないぞうくんに手を出したのかよ……」

「ないぞうくんってなんですか？」

「知らないのかサヤカ⁉」

「ご、ごめんなさい」

「わるい、ちょっとびっくりしただけだ。ないぞうくんってのはちょっとでも栄えてる街にならかならず必ずある、内臓を担保に金を借りれるマシーンだ」

「えええええ⁉」

「そう、ないぞうくんは担保にした内臓がぼんやり光るようになるの。そして期限以内に借りた金を返せなかったらその内臓をとられてしまうの」

「えええええ!?」

「そうか、ないぞうくんで借りるとそうなるのか。村になかったから知らなかったぞ。ソフトに手紙書こう」

夜にでも書いて電書ハトで送ろうと思った。

しかし、これでわかったぞ。

つまりリサはアイホーンの内臓を担保にしてないぞうくんで金を借りて、家を買ったんだな。

……ワンルームを。

「今度招待したげる。賃貸で借りた家よりも、自分の家の方がいいってところを見せてあげるわ」

リサは得意げにそう言って、アイホーンと一緒に立ち去った。

なんというか……。

アイホーンのご愁傷様、としか思えなくなってきた。

☆

一つ星ギルド、『ラブ&ヘイト』。

「どうぞ、ご主人様」

コハクがそう言って、ドアを開けて、俺を先に入れてくれた。

それをみてサヤカが悔しそうな、羨ましそうな顔をした。

俺達三人を上機嫌なサイレンさんが出迎えてくれた。

サイレン・ハートビート。

このギルトの女主人で、ちょっと色っぽい年上美女だ。

「いらっしゃい。すっかりご主人様と奴隷が板についてきたじゃん」

「そうかな」

「うん、あのコハク様をそこまでさせるとは。あなた、一流の奴隷調教師になれそうね」

「俺も調教してほちぃ——」

「どうせ性的な意味なんでしょあなたのは」

サイレンさんがカウンターの裏から伸びてきた手を払った。

流れる動きでそこにいる人を踏みつけた。

血がプシャ！　ってあたりに飛び散った。

今のはどうやらサイレンさんの旦那さんで、浮気症なこともあり、いつもサイレンさんに折檻——

というか血の制裁を喰らってる。

どうやら、っていうのは実際にその姿を見た事がないからだ。

声と、手しか知らない。

まあ、触れちゃダメな事なのかも知れない。

「ごめんね見苦しいところを見せてしまって」

「いや、もう慣れたから大丈夫だ」

「そか、だったら問題無いね♪」

「ないのかなあ」

「ないと思おう」

背後で奴隷達がいってるのが聞こえた。

うん、俺もないって思った方がいいと思う。

「それよりもサイレンさん、一つ星ギルドになったけど、何か変わったの」

「あっちにあたらしい掲示板があるのが見える？」

「あっち……？　あっ、この前までなかったヤツができてる」

俺は掲示板に向かって行った。

奴隷達がついてきて、サイレンさんも一緒にきた。

いままでの掲示板はFからSってあるけど、これはヘルプって書いてある。

「これは別の公認ギルドのクエストなの」

「別の公認ギルド？」

「そう、たまにあるんだけど、ギルドが抱えてる冒険者だけじゃ解決出来ないようなクエストが」

「うん、そりゃあるだろうな」

「そういう時は他の公認ギルドに助けを求めるの。でも同じランクのギルドに助けをもとめてもしょうがないから、星なしギルドは一つ星ギルドに、一つ星ギルドは二つ星ギルドに、二つ星ギルドでもだめな時は最強の三つ星ギルドに助けをね」

「そっか、星の多いギルドの方がいい冒険者が多いに決まってるもんな」

「そういうこと。実績もあるし、冒険者もおおい。だからランクが下のギルドはいざって時に上のギルドに助けをもとめるんだ」

なるほどそういうことか。

うん、説明を聞いたら割と納得だ。

「クエストがちょうど一つあるな」

「一つ星初日だからね、また一つだけ。それやってみる？」

「ああ」

せっかくだし、お助けクエストの第一号をこなしとこう。

☆

ウマ車にのって、途中で下車した。

プリブの街をでて、アローズの街との途中にある草原。

「アローズの公認ギルドからの説明だと……ここで待ってればでるって話だな」

「でるって何ですか？」

「事故物件が」

「事故物件!?　幽霊が出るんですか？」

「そういう事じゃないらしい」

「じゃあなんですか？」

説明すると、サヤカはいつもの様に首をかしげた。

俺以上にものを知らない彼女に、毎回色々説明してる。

とは言っても、俺も事故物件の事はあまりよくは知らない。

コハクを見た。コハクはにこり微笑んで、説明してくれた。

「説明するよりも見た方が早いかも。ちょうど来たみたいだしね」

そういって俺達の背後をさすコハク。

振り向くと……あった。

そこにあったのは増築する前の俺の家、三ＬＤＫの俺の家と同じくらいの大きさの一戸建てだった。

一戸建ての家は手足を生やしてる。

人間の体よりもぶっとい手足を生やして、どっしどっし歩いてる。

「い、家が歩いてますよ⁉」

「あれが事故物件。ちょうど事故が起きるようね」

アローズの街の方から「回送」ってプレートを掲げたウマ車が走ってきた。

その車を、事故物件が横合いからぶつけて、はね飛ばした。

事故が起きてしまった！

「古い家がなんかの拍子で魂をもって、ああして化けてでてくるんだ。化けてでた家はなぜかあんな風に事故を起こすから事故物件って呼ばれてるの」

「それって事故物件っていわないですよ⁉」

「じゃあなんて呼ぶの？」

コハクがサヤカに聞き返す。

事故物件かあ、聞いた事はあるけどはじめて見たな。

俺が住んでた村は家なんて全部自分達で建てて、すぐに壊れて建て直すから、事故物件になりようがないんだよな。

「ちなみに事故物件は人身事故も起こすからきをつけて」

「人身事故？　どういう意味ですか？」

「こういう意味」

落ち着き払ってるコハク。

指がさすさきは事故物件があって――それが突進してきた。

「ぶ、ぶつかります！」

「このままだと人身事故だね」

「落ち着いてる場合じゃないですよ――きゃ！」

突進してきたでっかい家を、サヤカは受け止めた。

三ＬＤＫもある一戸建て、人間よりもぶっとい手と足。

それが突進してきた猛烈な勢いをサヤカは止めた。

サヤカは『ちーと』を持ってる。

相手の十倍素早くて、十倍力持ちになれる『ちーと』だ。

相手がどれだけ強かろうが弱かろうが、とにかくその十倍、って能力だ。

だからあっさりと事故物件を止められた。

「ど、どうしようハードさん」

「持ち上げてサヤカ」

「はい！」

サヤカは事故物件——家を持ち上げた。

事故物件はじたばたした。

「凍らせてコハク」

「うん！」

コハクはサヤカがもってる事故物件を氷の魔法で凍らせようとした——がだめだった。

氷の魔法を使おうとしたが、不発だった。

「あっ……相手に魔力がないみたい」

コハクも『ちーと』を持ってる。

相手の十倍呪文詠唱が速くて、十倍魔力が高い『チート』だ。

相手がどんなに強かろうが弱かろうが十倍になる能力だ。

そしてどうやら、事故物件は魔力が0みたいだ。0は十倍にしても0。

俺の奴隷になると『ちーと』が使えるようになる。

原因はまだ不明だが、どうやらそうらしい。

「コハクの弱点だな。こういう脳筋には弱いみたいだ」

「うん、ごめん」

「コハクのせいじゃない、相性の問題だ。それじゃサヤカ、こいつを粉々に壊してくれ」

「わかりました！」

命令されたサヤカは嬉々として頷いて、あっという間に事故物件を粉々にした。

ちーとな奴隷達をつれて、俺は、他のギルドでは解決出来なかった難クエストをこなしたのだった。

☆

俺達三人は特別にだしてくれたウマ車に乗ってプリブの街に戻った。

「ちょっともったいなかったかも知れないですね」

「それは仕方ない、事故物件になったのは決して元には戻らないんだから。壊すしかないの。今回は野外で、けが人も出なかっただけでもよしとしなきゃ」

うん、壊すしかないんだよな。

ギルドに来たクエストも「事故物件の破壊」だったし。

事故物件が元に戻ったって聞かないしな。

「事故が起きたぞ！」

「物件よ！　事故物件がでたわよ！」

遠くから悲鳴が聞こえた。

俺達三人は顔を見合わせて、一斉に駆け出した。

騒ぎの中心は人たがりが出来てた。

事故物件があった、さっき破壊したのより一回り小さいヤツで、やっぱり手足を生やしてる。

その事故物件は手で男を掴んでいる、男はぐったりして意識がない。

男を掴んだまま屈伸運動……筋トレをしている。

それをするたびに男が苦しそうに呻く。

「だれか！　だれか夫を助けて！」

女の人が叫んだ。どうやらつかまってる人の奥さんみたいだ。

「サヤカ！」

「うん！」

サヤカは迷わず走り出した。

一瞬で距離をつめて、男を掴んでる腕を落として、そのまま事故物件の破壊に入った。

さっきよりもスピードもパワーも落ちてる。相手が弱いからだ。

それでもきっちり事故物件の十倍のパワーとスピードで、事故物件を一瞬で破壊して、無事に男を救出した。

サヤカは男と妻にメチャクチャ感謝された、街の住民から拍手された。

サヤカはメチャクチャ照れくさそうに俺のところに戻ってきた。

頭を撫でてやった。

ハプニングはあったが、けが人はでたけどその男も軽傷ですんで、これで一件落着――。

「きゃあああ、いやあああ！　あたしの家が！　買ったばかりの家が！」

聞き慣れた声がした。

いつの間にか現われたリサが粉々になった事故物件にすがりついて、泣きわめいた。

その横でアイホーンが愕然となっていた。

買ったワンルームは中古だったんだな、と、俺はそんな事を思っていたのだった。

15. 助っ人と歌う手

ギルド、『ラブ&ヘイト』。

今日もサヤカとコハクを連れてやってきた。

俺はサイレンさんから聞いた話に首をかしげた。

「この前アローズのギルドの事故物件を解決したでしょ。あれのちょっと長い版、短期出張っていうか、助っ人でいってほしいギルドがあるの」

「助っ人か」

「エルーガって街なんだけどさ、最近立て続けに冒険者が負傷離脱しててね。みんな一ヶ月かそこらで戻って来れそうって話だけど、ここ最近連続して離脱したもんだから、一時的に冒険者が足りなくなっちゃってさ」

「それで他のギルドから助っ人を借りる、って訳か」

「うん。うちからはもう一組いってててもらってるんだけど、やる気の割りにはちょっと危なっかしいから、できればハードにも行ってほしいんだ」

「危なっかしいのにいかせたのか？」

「やる気はあったし、ネコの手も借りたいって向こうが言ってきてるからいいかなって。でも落ち着いて考えたらやっぱり怖いなって」

信頼がないな、どんな奴らなんだよそいつら。

「だから、ね。あっちに何があってもフォローできるか、差し引きゼロかプラスにできるように、うちのエースを送っとこうって思って」

「エース？」

びっくりして、自分をさして聞き返した。

「エースだよ。実質ＳＳＳランクのクエストを解決したし」

そう言って、ちらっとコハクを見るサイレンさん。

コハクもにっこり笑うだけで、何もいわない。

コハクから受けたクエスト、国王を助けて、ノードの陰謀を砕いた。

その実績でエースって訳か。

そこまで期待をかけられると……ちょっと断れないな。

☆

半日かけて、ウマ車にのってエルーガの街にきた。

サローティアーズ王国の辺境にある街で、規模はプリブよりちょっと大きい。

「はじめてくるけど……なんかみんな何かを飲んでる？」

「うん、なんか飲んでますよね」

ウマ車の駅をでた俺とサヤカはまずその事が気になった。

行き交う街の人々の大半は何かを飲んでいる。

コップで、瓶で、湯飲みで。

いろんな容器にいろんな飲み物を入れて、みんなして何か飲んでいる。

普通に飲み歩きだけど、やってる人があまりにも多い。

ちょっと尋常じゃないくらい多すぎるから、気になってしまった。

「ここは炭酸の街だから」

「あの……炭酸って……あの炭酸ですよね。しゅわしゅわってする飲み物の」

サヤカが控えめに手をあげて聞いた。

「しゅわしゅわするわね。清涼飲料水だね」

「よかった……わたしの知ってる炭酸だ」

サヤカは見るからにホッとした。

「ここからちょっと行ったところにエルーガ炭鉱があって、王国の炭酸の七割はそこから採掘されるの。だから炭鉱で働くために人が集まるし、安い炭酸をこの街のみんなが普通に飲んでるわけ」

「なるほど」

「あ、あの……炭酸って、炭鉱でとれるの？」

また控えめに手をあげるサヤカ。

コハクはうなずいて、俺をみた。

俺が頷くと、コハクは近くの店にいって、炭酸と飲み物を買ってきた。

「これは？」

「これが炭酸」

「えええええ！　この綺麗なビー玉なのが？」

「エルーガ炭鉱の炭酸は純度が高いの。そしてこっちがムシのミルク。これに炭酸をいれると……」

ぽちゃって音をたてて、コハクがミルクに炭酸をいれた。

直後、ミルクがしゅわしゅわと気泡を出し始めた。

「こんな風に炭酸飲料が作られるの。ここは炭酸が安いから、みんないろんな飲み物にいれて炭酸飲料をつくってる。年に一度炭酸大会が開かれて、一番美味しい創作炭酸飲料を決めるらしいよ」

「それは面白そうだな」

「……やっぱりなんかおかしい。ちゃんと炭酸飲料だけど、やっぱりなんかおかしい」

サヤカがいつも通りブツブツ言い出した。

いつも通りだ、気にしないでギルドに向かった。

炭酸ミルクは美味しかった。

純度が高くて強めの炭酸とムシのミルクがものすごくあう。

駅から歩いてすぐのところにギルドを見つけた。

表に掲げられた看板は『勝つためのルール』ってある。

サイレンさんの『ラブ&ヘイト』といい勝負なギルド名だな。

入ろうとしたら先にドアが開いた。

中から二人組が現われた。

なんとリサとアイホーンだった。

「あれ？　ハードあんた何してんの？」

「それはこっちのセリフだ」

「あたしはここの助っ人にきたの。頼まれてね」

「ああ、お前が……」

サイレンさんが言ってた「ちょっと不安」な二人組ってリサとアイホーンだったのか。

そのリサは俺に向かって、「ふふん」と得意げに鼻をならした。

「どうした」

「あたし達今からクエストを解決しに行くんだけどさ、どんなクエストだと思う?」

「どんなって……どんな?」

「まっ、詳しい内容はあんたにいってもわからないと思うけど、Bランクのクエストよ」

「Bランク? まてお前達DとEだったんじゃないのか?」

「CとDになったのよ」

「それでもまだ足りないだろ」

そう突っ込んだが、リサはますます得意げになった。

「ふふん、ここのギルマスは見る目がある人でさ、あたしたちに『助っ人に来てくれてありがとう。あなたたちの様な実力者に来てもらって嬉しい。是非ともCランクじゃなくて、Bランクのクエストを解決してほしい』って言ったのよ」

それは……いいのか?

コハクをみる、コハクは複雑そうな顔をした。

「人手不足だから、かもしれない」

そっか……人手が足りないからか。

ネコの手も借りたいってわけね。

そしてそれでリサが上機嫌な訳か。

「だから今Bランクのクエストをやりに行くんだ」

「そうか」

「まっ、そういうわけだから。ハードはFだっけ？　だったらハードもEランクのをやらせてもらえるかもね」

遠回しにディスられた気がした。

リサの得意げな顔……間違いないだろうな。別にいいけど。

リサは言いたい事だけ言って、上機嫌で――若干調子に乗った感じでアイホーンと一緒に立ち去った。

「大丈夫なのかなあ、リサさん」

「うーん」

サヤカの心配はもっともだ。

アイホーンとリサはDランクのクエストを何回か失敗してるはずだ。

成功もそこそこあって、Cに上がったばかり。

なのに今はBのクエストを受けて、遂行しにいってる。

大丈夫なのか？　は俺も同感だ。

「うーん、まあ。なんだかんだであいつタフだから、大丈夫だろ」

俺はそう思った。

そう思うしかなかった。

☆

ギルド『勝つためのルール』の中。

建物の中は『ラブ&ヘイト』とほぼ同じ作りだ。

広いロビーがあって、壁に掲示板がランク分あって、カウンターがある。

ラブ&ヘイトと違うのは一つ星ギルドだって示すヘルプの掲示板がないのと、掲示板のクエストがあっちより多いってところだ。

今までの事で大体想像がつく、多分人手不足で全然解決出来ずにたまってるんだろう。

「けっ、また来やがった」

カウンターの向こうにいる男がいきなり悪態をついた。

入って来たばかりの俺たちにも聞こえるほどの悪態だ。

サヤカはちょっと怯えて、コハクは眉をひそめた。

男を観察した。

目つきがものすごく悪くて、ツンツントゲトゲな、ホウキか剣山のようなツンツン頭をしていた。

背中にでっかいブーメラン……いや三日月のようなものを背負ってる。なんだろあれ。

正直街中で遭遇したら目を合わせたくない人種だ。

だがそうも行かない、カウンターの向こうにいるって事はこのギルドのマスターなんだろう。

俺たちは近づいて、話しかけた。

「あの、ここのギルマス……だよな」

「けっ、てめえ何者だよ。人が何者なのか聞く前に自分から名乗れや」

「そうか、俺は――」

「俺はロック・ネクサス。ここのギルマスだ」

「ええええ、そっちから名乗るの!?」

「で、てめえは?」

「えと、ハード・クワーティー……です」

つい敬語気味になってしまった。

サイレンさんとは違うタイプの、敬語使った方がいいタイプ、って感じたから。

「ハード? ああ、プリブから助っ人でくるってやつか」

「そうです」

「そうか。話は聞いてるよな? なら話は早い」

なにも答えてないのに、ロックさんは一人で話を進めた。

「うちは最近次々とけが人を出して人手不足になってよ、あんな感じでクエストがたまってる」

そういって掲示板をさした。

やっぱりたまってるからなんだな。

「ってことであっちこっちから助っ人を頼んでる。やれるなら片っ端からクエストを掃除してってくれると助かる」

「わかった」

「けっ、安請け合いしやがって。まあいい、だめならまたけが人が出るだけの話だ」

それはそれで問題だと思うけど。

「それでよ、クエストを消化するために一時処置で仮免を発行することにしてる」

「仮免？」

「簡単にいえば上のランクのクエストを受けられるようにする処置だ」

ああ、リサが言ってたあれか。

「どうする、発行しとくか？　つっても形式的なもんだからここにサインするだけだ」

「いや、それなら大丈夫。サヤカ」

「うん！」

サヤカはパッと自分のギルドカードを取り出した。

ランクSの冒険者、サヤカ。

彼女といる限り仮免は必要ない。

「これで全部受けられますよね」

「Sランクか。サイレンのヤツでっかいのをまわしやがったな」

リサのせいだ、とはいえない。

「けっ、この俺も落ちぶれたもんだ。まあいい、それよりもSならこっちから頼みたいクエストがある」

「なんですか？」

ロックさんはブレスレットのようなものを取り出した。

三つとりだして、カウンターの上に差し出した。

「これは？」

「けが人が増えたのはちょっと前からでな、その対応策の一つだ。これをつけてると怪我とかピンチになったときにギルドに知らせが入る」

ロックさんはそう言って、右手をあげた。

差し出したのと同じブレスレットがある。

そして背中の三日月を抜いて——抜けるんだそれ！

それを抜いて、自分の手のひらを切った。

まるで鋭い刀のように、手のひらが切れて血が出た。

すると、背後の壁が光った。

よく見ると壁にも掲示板があって、一から百までの番号が振ってあって、その下にガラス玉がはめ込まれてる。

ロックさんが自分を切った後、一番のガラス玉がひかった。

「こんな風になるって訳だ」

「なるほど」

「で、こいつ」

ロックさんは七十七番をさした。

そこは今ピコピコ光ってる。

ロックさんの一番よりも遥かに強く光ってる。

「けっ、また光が強くなった。もうわかると思うけど、光が強ければ強いほどピンチってことだ。ってことで、こいつを助け出してほしい」

「わかった」

そう言う話なら、と、俺は二つ返事で引き受けた。

☆　ｓｉｄｅロック　☆

ハード一行がギルドをでた後、ロック・ネクサスがつぶやいた。

「アレはコハク姫だった。けっ、ってことはあれがノードをつぶした男か」

一人になったロック、ハードに見せたものよりも数段凶悪な顔をしていた。

悪人面、などという生やさしいものではない。

もっと凶悪ななにか――狂気を孕んだ何かだ。

「けっ、あいつら脅かしやがって。あんなケツの青いガキならノードがどじっただけじゃねえか」

ロックはハードを見下しきった。

手元の紙をみた、プリブのギルドから送られてきたハード達の書類だ。

「ランクも奴隷の方はSだけどあいつFじゃねえか。けっ、ザコめ」

と、ますますハードを見下した。

「まあいい。その方が都合がいい」

ニヤリと口角をゆがめる、目が恍惚に蕩ける。

「Sが一人いれば七十七番は回収できるだろうよ。ああ……はやく連れ戻してこい。苦痛と恐怖をたんまり吸ったブレスレット。ああ……すげえ甘美な味がするんだろうなあ。ついでにFのガキも大けがとかしねえかなあ。してくれよぉ。ぎゃは、ぎゃはははは。ぐぎゃはははははは！」

一人になったギルドの中で、ロックは狂気に嗤《わら》うのだった。

☆　sideロック　終　☆

情報を頼りに、エルーガの街を出て、現場に向かう。

「ハードさん、今度のはどんな相手なんですか？」

「どうやら『歌う手』らしい」

「歌い手さんですか？　うわあ、会ってみたいです」

サヤカはテンションが上がっていた。

あこがれのアイドルにこれからあう若い女、みたいな顔になっている。

「とまって」

コハクに言われて、俺達三人は立ち止まった。

「どうした」

「見えた。あれ」

コハクが指さす、離れた先に手があった。

手があった。

大事な事じゃないけど、さらっと流したら誤解されそうだから二回言った。

「え？　あれ？　手？」

実際、サヤカは誤解してるみたいだ。

そう、手だ。

人間の半分くらいのサイズの「手」だけの魔物で、手のひらの部分にでっかい口がある。

本能で歌うのが大好き、だから名前が『歌う手』。

「あれが歌う手だ。ぼんやりと歌ってるのがきこえるだろ？」

「え？　うん、なんか分からないけど、歌？　っぽいのが聞こえます」

「あれはあれが歌ってるんだ。ああこれ以上近づいたら――」

「きゃあああ」

見えないからか、目の上で手にひさしをつくってちょっと近づいたサヤカが悲鳴をあげて速攻戻ってきた。

ギルドでもらったブレスレットがちょっとだけ光った。

「ボゲーって聞こえました！　ホエーにボゲーって聞こえました！」

涙目で訴えるサヤカ、耳を押さえている。

「ジャイ○ンみたいでした……なんですかあの歌は」

「『歌う手』の歌は超下手なんだよ。凶器クラスにやばい。だから不意をついて一気に制圧するか、声が聞こえない程の遠距離から攻撃して制圧するかのどっちかなんだ」

「うぅ……歌い手さんとは大違いです……」

サヤカがブツブツいった。

「さて、歌ってるって事は、近くに要救助者がいるって事だな」

「いるよ、歌う手の真ん前で悶絶してる。間近で歌を聞かされ続けてるから動けないみたい」

「たすけなきゃな」

俺はサヤカとコハクの二人をみた。

サヤカは涙目になってる、コハクは普通だ。

まあ、サヤカはどうしても近づかなきゃいけないから、相性がわるいな。

「やってくれるか、コハク」

「うん！　まかせて」

コハクは満面の笑顔で頷いて、歌う手にアイスバインドをかけた。

音が聞こえる距離外からのアイスバインドで歌う手の口を縛った。

まるで猿ぐつわのように口を縛った、歌う手はもごもごして歌えなくなった。

七十七番の冒険者をたすけだして、エルーガのギルドにもどった。

連れて帰ると、冒険者をみたロックさんがまずものすごく喜んだ。

それはいいんだけど。

なぜか俺達三人をみて不機嫌になった。

「けっ、無傷かよ。使えねえな」

と、悪態をつかれた。

……？

無傷じゃだめなのか？　と俺は首をひねったのだった。

16. 破局のリサ

宿屋に泊って、エルーガの街二日目の朝。

ギルドにやってくると、リサとアイホーンの二人が既に中にいた。

二人はぼろぼろの格好で、ギルマス・ロックさんの前に立っている。

「す、すまない。逆に手間をかけさせてしまった。助っ人に来たのに逆に助けられてしまった」

アイホーンが申し訳なさそうに言った。

振り向く、コハクと目が合って、頷かれる。

昨日の事を思い出した。

多分だけど二人はクエストに失敗して救出されたんだな。

「けっ。まあしょうがねえ。それよりも怪我はねえか」

「だ、大丈夫よ」

リサはアイホーンを押さえて先に言った。

なんかものすごく必死な感じだった。

「けっ。ならそれでいい。今はこれ以上けが人だされちゃかなわねえからな。今日もクエストやってくか？」

「もちろんよ！　行くわよアイホーン」

「あ、ああ」

リサはアイホーンを連れて、掲示板に向かった。

振り返ったからますますよく分かった、二人はぼろぼろだ。

体のあっちこっちが包帯だらけ、普通ならけが人で離脱しててもおかしくない。

リサもぼろぼろだけど、アイホーンにいたってはひょこひょこ脚を引きずってる。

「ちょっと待て」

「な、なに？」

ロックさんに呼び止められたリサ、怯えた感じで振り向く。

「ブレスレットを変えていけ」

「ブレスレット？」

「光ったままだろ？　新しいのに変えてやる」

「だ、大丈夫よ！　今度は失敗しない――」

「渡せ」

むっ？

今一瞬、ものすごいプレッシャーを感じたぞ。

殺気というか何というか、そういうタイプのプレッシャー。

それにロックさんの顔も怖かった。

怖いし……どっかで見たような事のある顔？

どこで見たんだろ、って考えてる内にリサとアイホーンは新しいブレスレットにかえてもらって、再び掲示板に向かった。

失敗したというのに、今度もBランクのクエストに向かった。

「それはやめた方がいいんじゃないのかリサ。ここはC、いやDランクのを――」

「なに言ってんの？　ここでやれるところを見せなきゃ。Bランクのクエストを成功させて、一発逆転でやれるところを見せるのよ」

「しかし……」

「いいの！」

アイホーンを振り切ってリサはまたしてもBランクのクエストを受けた。

ロックさんはとめなかった。いいのかそれで？

受けたリサとアイホーンはギルドを出ようとして、俺達にきづいた。

ぼろぼろなのに、表情が一変した。

ロックさんに怯えてたのが、俺を見下す顔になった。

にんまりとした顔が……ちょっと可哀想に見えてきた。

「あら、ハードじゃないの」

「よう」

「なんかこぎれいな格好してるじゃん？　Eランクはそんなに楽だったの？　もしかしてFのをやってた？」

「いや――」

「あたし達はBのクエストよ。まっ、向上心のないあんたには一生縁のない世界だろうけどね」

「……」

俺が答えないでいると、リサはますます得意げな表情になった。

そして俺を見下しきった顔をして、アイホーンと一緒に出て行った。

すれ違ったアイホーンに、サヤカが話しかけた。

「あの、体は大丈夫なんですか？」

「え？」

「ないぞうくん……」

おずおずと話すサヤカ。

そういえばアイホーンの体光ってない！

昨日遭遇したときも光ってなかった。

「あ、ああ。ロックさんになんとかしてもらったんだ。金はいつ返してもいいことになったけど、返さなくても内臓取られない代わりに、担保の内臓が痛み続けるようになった」

「い、痛そう……」

「取られるよりはましさ。じゃあな」

アイホーンは寂しげに笑って、先に出ていったリサを追いかけた。

色々……あるんだなぁ。

☆

この日はAランクのクエストを三つこなして、ギルドに戻ってきた。

「けっ、また無傷かよ」

「あの、ロックさん……？」

俺はおそるおそる聞いた。

サイレンさんと違う意味で、ロックさんにはつい敬語を使ってしまう。

……変に怖いから。

「無傷じゃダメなんですか？」

「んあ？　そんな事ねえよ。あー、あれだ。Aランククエストを一日に三つもやったってのに無傷なのはかわいげがねえってことだよ」

「は、はあ」

なるほど、それなら分からなくもない……かも？

「おっ！」

不機嫌だったロックさんの目がいきなり輝きだした。

ロックさんの背後にある掲示板、その十三番と四十四番が光り出した。

しかもかなりせわしなく光ってる。

つけてる冒険者がピンチになったら光るシステムだけど。

この光りかた、見てる方が心配になるくらいめちゃくちゃ光ってる。

「ロックさん、大丈夫なんですかそれ」

「けっ、このままじゃもったいねえ事になる。実力差がありすぎたか」

「もったいない？」

「ちがった。まじい事になる。おい、お前ら」

ロックさんは俺達をまっすぐ見つめた。

今までで一番真剣な表情だ。

「今すぐ助けにいってくれ、なんとしても助けて生きて連れ帰るんだ」

「わかった」

頷く俺。

ロックさんの言葉が気になるけど、ピンチの冒険者を救出することに異論はない。

☆　ｓｉｄｅモンスター　☆

「うがああああ！」

アイホーンは絶叫して、右肩を押さえた。

肩から先はもうない。今し方喰われたばかりだ。

その右腕をモンスターが美味しそうに食べている。

噛みちぎった腕を骨ごとぼりぼりかみ砕いて、腹の中におさめていく。

額に脂汗を浮かべるアイホーン、激痛だけでなく、自分の右腕が物理的に消えていくのをまざまざと見せつけられて、顔が絶望に染まっていく。

それを見たモンスターがにやりとわらった。

人型に近いモンスターという事もあって、表情はきわめて人間に近しいものがある。

残忍な性格がこれでもかというほどでて、苦しむアイホーン、絶望するアイホーンを見て楽しんでいるようだ。

モンスターは知能も高かった。

この世界ではエンシェントモンスターに分類されるそれは人間にきわめて近い知能を有している。

一部のエンシェントモンスターは思考が突出して発達していて、部分的に人間を超えている。

このモンスターもそうだ。

慈しむ事にかんしては人間に大きく及ばないが、苦しませる事にかけては人間を遥かに超越している。

モンスターは時間をかけてアイホーンの腕を食べた、目の前でゆっくりと味わった。

それによってアイホーンが少しずつ絶望していくのをじっくり味わった。

アイホーンの絶望は本人の許容範囲を超えた。

死を覚悟した彼は、どうせならばと男らしくなった。

「俺は……もうどうなってもいい。だから彼女を、彼女だけでも助けてくれ」

それがいけなかった。

相手が人間ならば心を打たれただろう、慈悲ももしかしてあっただろう。

しかしこのモンスターはとにかく人間をいかに苦しませるかしか頭にないモンスターで、またそれに長けているモンスターでもある。

彼女だけでも助けてくれ――彼女は助けない。

そう考えるのは当然の流れだ。

モンスターはリサに向かって行った。

失禁して、へたり込んで動かないリサに。

「やめろおおお、やめてくれえええ」

アイホーンの絶叫に、モンスターは自分の選択が正しかったと更ににやけた。

さてどうするか、どうしたらよりアイホーンを苦しませられるか。

いや、ちがう、そうじゃない。

どうしたら、よりアイホーンとリサをよりくるしませられるか。

アイホーンを苦しませる事とリサを苦しませる事、両方同時に出来るはずだ。

悪意に特化した頭脳が瞬時に答えをはじき出した。

人間の男も女も、女のオッパイが大事だ。

「や、やめ……」

モンスターはリサの服を無理矢理破ると、片方のオッパイを半分噛みちぎった！

「うぐぎゃあああ！」

「やめろおおおお！」

リサとアイホーンの絶叫が響き渡る。

それがますますモンスターを楽しませた。

「やめろおお……やめてくれ……俺に、俺にしろおお……」

アイホーンの絶叫、彼は男らしかった。

そしてリサも……別の意味で女らしかった。

「アイホーンにして、あっちもそう言ってるから、それでいいじゃない……」

「……え」

一瞬アイホーンがきょとんとした、リサが何をいったのか理解できない顔だ。

「アイホーンがそう言ってるんだからあっち喰えばいいじゃないの。そうだよ、あっち食べてあたし見逃してよ」

「おまえ……なにを」

モンスターはにやりとした。

人間を絶望させる思考に特化してる頭脳がこの流れを見逃すはずもない。

リサを喰うのをやめた、アイホーンに向かって行った。

洗面器よりも大きい口をあけた、血まみれの鋭い牙をアイホーンに見せつけた。

そして……今度は脇腹をかじった。

一気に食べる事はしない。

絶望のアイホーンを一気に死なせるような事はしない。

苦しみは、長く味わってこそだ。

悲鳴はもうない、アイホーンは呆然と……涙を流して空を見上げた。

瞳は絶望に染まっていた。

リサはそれでも、アイホーンをアイホーンをと、わめき続けたのだった。

☆　ｓｉｄｅモンスター　終　☆

ロックさんに手配してもらったウマ車にのって現場に急行する。

到着したそこは凄絶だった。

サヤカが顔を背《そむ》けてえずくほどの、血まみれな惨劇の現場。

そして惨劇の中心人物は――。

「アイホーン、それにリサ」

俺が知ってる二人だった。

二人は血まみれになってる。

ぼろぼろで、体も欠損してるが、どっちもかろうじてまだ生きてるみたいだ。

助けなきゃ。

「あれは……エンシェントモンスター・オーク！」

「知ってるのかコハク」

「頭がよくて人間を苦しませるのがすごく上手いの！　長期戦は不利になる」

「一気にやろう。サヤカ、いけるか？」

「うっ……う、うん」

口を押さえて、何とか頷くサヤカ。いまにも顔を背けたいのを我慢してる様子。

彼女に頼むのはやめよう。

「コハク！」

「任せて」

コハクは魔法を詠唱した。

瞬間、オークの体に氷のヤリが突き刺さった。

鮮やかな先制攻撃、しかしオークは倒れない。

「一撃で倒れなかったか」

「オークは体力が高くて魔力が低いの。魔力が向こうの十倍になっても一撃で倒すのに足りないみたい」

「そうか」

やっぱりサヤカか？　と思っていたら。

「だから――メチャクチャうつ！」

コハクは両手を突き出した。

ものすごく早口で詠唱した。

氷のヤリが立て続けにオークを貫いた。

途中でオークがアイホーン達を人質にとろうとしたが、先読みしたコハクが魔法でそれを止めた。

遠距離からの連続攻撃で、なんとかオークを仕留める事ができた。

☆

エルーガの街、ギルド「勝つためのルール」。

俺達はアイホーンとリサを連れて戻ってきた。

二人とも大けがを負っていた。

アイホーンは右腕と脇腹を喰われて、顔も蜘蛛の巣みたいにぐっちゃぐちゃに傷だらけだ。

リサはオッパイの半分を食いちぎられていた。

大けがだが……不幸中の幸いにも、命に関わるほどじゃなかった。

魔法で手当てをうけると、二人はもう歩けるくらいに回復した。

「よくやった」

二人を救出した証というか、光るブレスレットをもったロックさんが上機嫌で俺に言った。

「よく生きたまま助け出した。これからも頼むぜ」

「うん」

そういって、ロックさんは俺に報酬を渡してから、ブレスレットを持ってカウンターの奥に消えていった。

残ったのは俺と、アイホーンとリサ。

サヤカは気分が悪くなったから宿屋に、コハクはそれの付き添いに一緒にもどった。

ここにいるのは、俺達三人だけになった。

リサは俺を睨んだ、親の敵のように睨んだ。

「ふん！　いい気にならないでよね！　あんたが来なくてもどうにかなったんだから」

「そうか」

そうはとても見えなかったけど、まあ、意地を張るときもある。

「これで恩を着せたとか思わないでよね。あれはギルドの依頼だった、あんたは報酬をもらった。それで終わり。わかった？」

「ああ、わかった」

「ふん！」

リサはつまらなさそうに鼻をならして、きびすを返して歩き出した。

途中でアイホーンがついていかなかった事に気づいて、立ち止まってアイホーンに振り向く。

「どうしたの？　行くわよ」

「……一人で行け」

アイホーンは静かにいった。

いや……静かにじゃないな。

静かなのは静かだが……言葉に憎悪をかんじた。

なにがあったんだ？

「なに怒ってんの？　意味わかんない」

「自分の胸に聞け」

「はあ!?　あんたデリカシーってもんがないの？　あたし、胸を半分喰われたんだよ？」

「そういう意味じゃない。おまえ、あのオークになんて言った」

「何も言ってないわよ。あんたがオークに頼んだことをあたしも言っただけじゃん」

「……」

アイホーンは軽蔑しきった目でリサを睨んでから、ゆっくりとギルドの外に向かって歩き出した。

「ちょっと！　待ちなさいよ」

リサがアイホーンの肩をつかむ、しかし払われた。

払われたリサは尻餅をついて、呆然とアイホーンをみた。

まるで、知らない人を初めて見るかのように。

一方で、アイホーンはそんなリサを冷ややかに見下ろした。

「もうお前とやっていけない。今日限りでお別れだ」

そういって、呆然となったリサをおいて、ギルドをでた。

リサは追いかけるのも忘れるほど呆然となった。

しばらくして、我に返った後、俺に怒鳴った。

「あんたが悪いのよ！」

「え？」

「あんたがもっと早く来てればこんなことにはならなかったのよ！　アイホーンがあんなことになるし！　あたしもオッパイ半分喰われるし！　もう！　治癒魔法でも喰われた分は回復しないなんて最悪！」

ああ、うん。

まあそうかもなあ、俺が遅れたからそうなったのかもなあ。

でもなあ。

「ふん！　覚えてなさいよ、あたし、絶対にあんたを許さないいんだから！」

そんな捨て台詞をのこして、リサもギルドから立ち去った。

……なんか、ますます冷めた気がする。

俺の幼なじみってこんな女だったのか、って思いっきり冷めた気がする。

17. ランキング一位と有名税

Bランククエスト、動かザルの撤去。

動かザルってのは文字通り「ザル」の形をした魔物。

目をつけたところに現われて、その場に居座って動かなくなる。

動かない上に繁殖をして新しい動かザルを産み出す。

進んで人間に害を及ぼす魔物じゃない、攻撃力とかほとんどない。

けど居座られて増殖するから、早めに撤去しないと大変な事になる。

「んしょ、んしょ」

「これは……ちょっと大変かも」

俺とサヤカ、そしてコハクの三人で動かザルの撤去をしていた。

ちっちゃいザルのくせに、成人男性くらい重いなこいつら。

それに、硬い。

「一気に壊せたら楽なのにね」

「ごめんなさい……」

「サヤカのせいじゃない。弱いくせにやたらと硬い、そういう魔物もあるってことだ」

実は最初、サヤカとコハクの二人に壊させようとした。

それは出来なかった。

二人とも「相手の十倍」つよくなるって『ちーと』を持ってるんだけど、動かザルの十倍強くなっても、向こうの防御力をぶち抜けない。

防御力だけ突出してるから、サヤカともコハクとも相性が悪い。

仕方がないから、俺達三人でせっせと撤去した。

ちなみにザルだから、川とかに捨てればそれでおしまい。

溺れるくせにそれでも動かないからだ。

俺達三人は増殖した動かザルを撤去した。

Bランククエストだけど、今までで一番苦労した。

☆

ギルド、『勝つためのルール』。

報告のために戻ってきた俺達三人。

ギルドの中には冒険者が多くいた。

掲示板を見たり、カウンターでロックさんと話したり。

結構な活気があった。

俺達はカウンターに近づく。

「すいません、助けてもらって」

「けっ。気にするな。それもこっちの仕事だ」

「本当すいません……」

「ブレスレット交換してやる、ホラ出せ」

先客がロックさんに申し訳なさそうな顔で光ってるブレスレットを差し出した。

それをみて、サヤカが小声で俺に言った。

「また助けられた人ですね」

「そうみたいだな」

「怪我が軽そうでよかったです」

……リサとアイホーンの事を思い出したか。

あれ以来、サヤカはちょっと調子がよくない。

助けに行ったのに助けられなかった、って思ってる。

命こそ助かったが二人は大けがした。アイホーンに至っては腕を失った。

それを気に病んでるサヤカ。

彼女のせいじゃないんだがな。

前の冒険者が立ち去って、俺はロックさんに話しかけた。

「戻りました。動かザル、全部川にぶち込んできました」

「……そうかよ。ほれ、報酬だ」

ロックさんはつまらなさそうにいって、銀貨袋を渡した。

受け渡しの瞬間、ロックさんは俺の腕をみる。

ブレスレットをみられた。

銀貨袋をサヤカに預けて、ロックさんに言った。

「大丈夫です、怪我なんてしてません。交換もいらないです」

「けっ。別にそんなの心配してねえよ」

「ハードさん、これ、ちょっと多いです」

「うん？　多い？」

銀貨袋の中身を確認したサヤカがいった。

どういう事なの？　とロックさんをみる。

「けっ。ボーナスだよ、というかランキングだ」

「ランキング報酬？」

「あれ」

ロックさんが離れた場所を指さした。

そこに見慣れない、クエストのものとは違う掲示板があった。

近くに行って眺めた。

『勝つためのルール　所属冒険者ランキング』

ってあった。

順位と、冒険者ランクと、名前があった。

そこに俺が一位になっている。

ああ、これの報酬か。

微妙に納得した。ここに助っ人に来てから、俺が一番働いてるかもしれないっていう思いはあった。

SからBまでのクエストを中心にこなしてる。

掲示板の他のクエストも見えるから、その減り具合で、俺が一番やれてるかもっていう思いはあった。

実際にこうして形になって、推測が正しかったと証明された。

一位か……。

俺はそれをじっと見た。

同じようにじっと見ていた冒険者が横から話しかけてきた。

あきらかに不自然な髪型（多分ヅラ）をして、その上に帽子をかぶってる男の冒険者だ。

「このギルドっていいよな」

「え？　どういうこと？」

「一番上見ろ。一位、Fランク、ハード・クワーティー。ってあるだろ」

どうやら男は俺の事を知らないみたいだ。

「他のギルドだとランクごとの依頼しか受けられないけど、ここだと格上挑戦が出来る。あんな風に低ランクでも頑張れば一位になれる――つまり高収入を手に入れる事ができる」

男の語り口はヒートアップしていった。

「頑張らなきゃな、俺も！　お前も頑張れよ」

男は最後にそう言って、俺を励ましながらクエストの掲示板にいって、次の仕事を選び出した。

よく見ればまわりにいる他の冒険者もそうだった。

みんなFランクの俺の事を話題にしてて、あこがれだったり、悔しがったりして、俺の噂をしている。

俺達もがんばろう、ランクが低いけど一発逆転狙うぜ。

冒険者達のテンションがランキングによって高まっていた。

ロックさん、これをねらってやったのかな。

☆

「ハードさんが一位なんてすごいです」

ギルドをでて、次のクエストに向かう途中。

サヤカが興奮気味でランキングの事をいってきた。

コハクが彼女に聞いた。

「サヤカの名前がなかったけどそれはいいの？」

「え？　だってわたしはハードさんの命令で動いただけだし。それに」

「それに？」

「わたしは、ど、奴隷だから」

サヤカは赤面しつつ、俺をちらちら見た。

「そう、サヤカは俺の奴隷。奴隷がやったあらゆる事はご主人様がやったも同然。奴隷の功績も責任も全部ご主人様のものだ」

「前にも似たような事をきいたけど、本当に責任も？」

俺は頷く。

当然だ。それこそがご主人様ってもんだろ。

「コハクはそれ知らないのか？」

「知ってるよ。でも責任だけ逃れようとする人多いから」

「そいつらはご主人様失格、ってだけの話だ」

俺は違う、ご主人様失格になんかならない。

ちゃんとご主人様道を貫いてみせる。

ご主人様らしくする。

そう考えるとちょっとテンションが上がる。

歩くペースがあがって、奴隷の二人を引き連れて歩く形になった。

「ハードさん、危ない！」

「え？」

何があぶない——って聞き返した途端、目の前に刃が迫った。

一瞬、世界がスローモーションになった、走馬燈っぽいのが見えた。

次の瞬間、世界が戻った。

刃が離れて行く、それが剣を持ってる人間だってちょっと遅れて気づく。

ちょっと遅れて、サヤカとコハクが俺の前に立つ。

「大丈夫？　ご主人様」

「大丈夫だ」

「ごめんなさいハードさん、すぐに捕まえます！」

「ああ」

サヤカが飛び出していった。

相手は飛んで来たサヤカに反撃した。

持ってる剣をビュンビュン振り回した。

かなりの使い手みたいだ。

強くて速くてうまい。

そんな印象をうけた。

そんな相手よりもサヤカは十倍強くて十倍速かった。

一瞬で肉薄して、剣を持つ腕を捕まえた。

それで男は動けなくなった。

テクニックじゃない圧倒的なパワーと素早さで、サヤカは俺を襲った男を制圧した。

☆

「二位の冒険者？」

コハクから話をきいて、眉をひそめた。

離れたところでサヤカが拘束してる男をちらっとみた。

「うん、そう。あのランキングで二位になってる、Bランクの冒険者、フレッシュ・ミートっていうの」

「そのフレッシュがなんて俺を？」

「Bランクでものすごく頑張って格上のクエストこなしたのに二位なんておかしい、Fランクのご主人様が一位なんておかしい。絶対ずるしてる」

「ずる」

「その化けの皮を剥がしてやる、って息巻いてた」

「そうか」

俺は男をみた。

男はまた俺を睨んでる。そんなに憎いのか。

「有名税だね」

「嬉しそうだな」

「そりゃね」

コハクは更に嬉しそうに言う。

「ご主人様と同じ。奴隷もすごいご主人様だと嬉しい。こんなすごい人の奴隷で誇らしい、ってのがあるから」

「なるほど」

有名税か。

ならもっともっと有名にならなきゃな。

18. 賞金首ハード

炭酸の街・エルーガに更に滞在した。

毎日ギルドに出向いて、クエストを受け続けた。

最初は高いランクのを受けて、サヤカとコハクとの三人で一緒に行動してた。

次第に手分けするようになった。

理由は大きく二つ。

一つ目は、ギルドのけが人が更に出たからだ。

ランキングの弊害ともいうべきか、一定以上の実力者——例えばランキング十位以内の冒険者はやる気が上がって、戦果を更に上げた。

しかしそうじゃない普通の冒険者は一発逆転を狙いすぎて難しいクエストを受けて、それで負傷離脱するのが更に多くなった。

よそからやってきた助っ人の冒険者もそういう傾向がある。

通常運転してるギルドだと出来ない格上のクエストに挑戦できるのがここということもあって、無茶をする人が多い。

それで助っ人は次から次へと来るのに、相変わらず人手不足のまま。

だから『ちーと』持ちの二人を手分けさせて、高ランクのクエストを単独でやらせた。

コハクも俺と同じFランクだけど、相手の魔力より十倍高いって『ちーと』があるから、高ランクでも問題無くこなせるから。

二つ目は……流石におかしいと思いはじめた。

この、ギルドのけが人が続出してる状況について。

怪我で離脱する冒険者が次々と続出しても、ギルマスのロックさんは改善するそぶりはなくて、むしろどんどん冒険者達をあおって危険な事をさせてる。

それはちょっと――おかしくないか？

そう思った俺は、単独で行動する事にした。

☆

そしたらこのざまだよ。

俺は薄暗い部屋の中にいた。

Fランクのクエストを受けて、街中を歩いてると急に後ろから衝撃がきた。

後頭部に思いっきり何かで殴られた。

それで気絶して、気がついたらここにいた。

襲われる心当たりは――一つしかない。

俺はそれとなくロックさんの事を探っていた。

ロックさんがヤバイ人間だと決めつけて、それを探るような動きをしていた。

もしロックさんがシロだったら後で謝る、でもクロだったら向こうから何かしてくる。

そう思って動いた。

そしていま、俺はピンチになった。

つまり、やっぱりロックさんが怪しいのだ。

そう思って、さああらかじめ用意したもので脱出を――って思ったら。

予想外の人間が現われた。

「リサ……」

ドアを開けて入って来たのはリサだった。

彼女はドアを閉めて、鍵をかけて、憎悪の目で俺を睨んでる。

まさかリサがロックさんと……？

一瞬そう思ったが、すぐに違うってわかった。

「あんた、どんなズルしてるのよ」

「ズル？」

「そうじゃなかったらあんたがランキング一位になれるはずないじゃん。あたしがこんなことになってるのに、あんただけ……落ちこぼれのハードがあんないい思いできるはずないじゃん」

「……」

これはつまり……。

あれか。このまえ二位の冒険者に狙われたのと同じ話か。

撒いたエサに食いつかれたんじゃなくて、エサを撒く手に食いつかれたってことか。

予想外の事だ。

「いいなさいよ」

「別に何もしてない。俺は奴隷と――」

「そんなわけないじゃん！」

リサはヒステリックに叫んだ。

「あの奴隷の事を調べた！　リユ銀貨十九枚で押しつけられた処分品じゃん」

ええええええ⁉

そ、そうだったのか？

そんなの初耳だぞ。

でも金額まで言い当ててる、調べたのは確かなんだ。

「あんな処分品でなにか変わるわけないじゃん！　いいなさいよ、どんなズルをしたのよ」

俺は答えなかった。

ズルしてる、って決めつけられてるから、何をいっても意味ないって思った。

俺は後ろ手で用意してる物を使った。

「アン♪」

「なに変な声をだしてるのよ！」

リサが切れた。

今のは俺の声じゃない、後ろ手でだした電書ハトが手紙を送ったときの声だ。

リサも電書ハトを知ってるからばれるのかってドキドキしたけど、ばれなかったみたいだ。

ちなみに手紙はサヤカに送った。それを見たら助けに来いって言ってある。

コハクじゃなくてサヤカなのは、魔力がゼロな相手はいても、力がゼロな相手はいない。

コハクは相手次第で完全に無能力になるけど、サヤカはそれがない、ってのが理由だ。

さて、あとはリサをやり過ごしてサヤカを待つだけ。

「さっさと白状しなさいよ！　何をどうやったのさ」

「普通にクエストをこなしただけだ」

「そんなわけないでしょ！　何回言わせるの！　あんたみたいなのがそんな事出来る訳ないでしょ！」

「嘘はいってない」

「どうしてもすっとぼけるつもり？」

リサの目が据わった。

元々やばかったけどますますやばくなった。

リサとあれこれいい訳してみた。

最初は「俺の奴隷になるとものすごく強くなる」って事実をいって更に切れられたから、それからは口から出任せになった。

適当な事をいって、とにかく時間稼ぎをする。

リサの表情がどんどんやばくなっていく。

まだか？　まだなのかサヤカ。

「ふふ、ふふふふふふ。もういい、何をきいても嘘しか言わないあんたの話はもうきかない」

げっ。

これはまずい、完全に切れたかもしれない。

「り、リサ。もうちょっと話をしよう」

「もういい。話をしても無駄だって気づいたの」

「じゃ、じゃあ俺はもう帰るな――」

「返す訳がないでしょ」

リサはヤバイ目をして、何故かでっかいハサミを取り出した。

「そ、それで何をするんだ？」

「あたしが味わった苦しみを味わってもらうの」

「お、お前の苦しみ？――はっ」

リサの苦しみ、そしてハサミ。

俺はとっさに股間を押さえた。

そういうことか！　そういうことなのか⁉

「やめてくれリサ！　落ち着け、落ち着いて話そう！　なっ」

「ふふふふふふ」

リサが迫ってくる。

やばい――。

と思った瞬間、ドアが乱暴に開かれた。

外から突入してきた人がリサに一瞬で肉薄して、腹パンした。

「がはっ……」

リサは一瞬落ちた。気を失って崩れ落ちた。

危なかった、もうちょっと遅かったらやばかった。

まあ助かったからいいとしよう。

「助かったサヤカ、よくまにあ――」

ねぎらいの言葉は途中で止まった。

なぜなら、現われたのはサヤカじゃなかったからだ。

現われたのはサヤカと近い背格好の少女だった。

ぱっちりした目と、愛らしい顔。

そして頭のてっぺんにみょーんって伸びる二本のクセ毛が特徴的だ。

……だれ？

「あんたがハード・クワーティー？」

「そうだけど……お前は？」

「ルナ、ルナ・G・クレイドル」

ルナ・G・クレイドル？

はじめて聞く名前だ。

まあいい、はじめてでも何でも、助かったのは事実だ。

「ありがとう助かった。キミのおかげで――えっ？」

目の前のルナがいきなり消えた。

背後、背中ぴったりに気配を感じた。

首筋に冷たい物が当たった。

「な、なんのつもりだ？　俺を助けたんじゃないのか？」

「うん、助けたよ。でもそれは獲物を横取りされそうになったから」

「え、もの？」

「説明は殺してからにするね」

ルナはあっけらかんと言い放った。

いや殺されたら聞けないだろ！

まずいまずいまずい。

やばいよまずいよどうするんだよ。

必死に考える、なんとかする方法を。

と、そこに。

「お待たせしました！」

サヤカがやっと到着した。

「ハードさん！　それが敵さんですね！　あっ、リサさんもやられてます……なんでリサさん？」

首をかしげるサヤカ。

一部誤解はあるけど、この際それはいい。

「サヤカ！　こいつを倒して――気絶させろ！」

「はい！」

サヤカが踏み込んできた。

「あまいよ、このナイフは風よりも速い」

首筋に当てられた冷たい感触が強くなった、肌にくいこんできた――のは一瞬だけ。

キーン。

甲高い音をのこして、ルナのナイフがはじかれた。

サヤカがすぐ目の前にいた。

「え？」

「ハードさんを――許さない」

目の前のサヤカは珍しく怒ってる表情をした。

背後のルナが飛び退いて距離をとった。

落ちてるナイフを拾った。

――が。

サヤカは更に迫った。

一瞬で目の前に迫って、攻撃を繰り出した。

キーン。

また音がした。

サヤカとルナがぶつかって、ルナが退いた。

「馬鹿な。ルナよりも速い人間がいるなんて」

「大人しくしなさい！」

狭い部屋のなか、サヤカとルナが超人バトルを繰り広げた。

ルナはものすごく速かった。

目で追うのがやっとなスピード。

多分今まで見て来たどの人間よりも速い。

速い、けど。

サヤカはそれよりも更に速かった。

相手の十倍速くなる『ちーと』。

それは、どんな相手でも例外はない。

ルナより十倍速くなったサヤカは、死ぬほどびっくりするルナをあっという間に制圧した。

☆

「賞金稼ぎ？」

縛り上げたルナはあっさり白状した。

「そだよ。ルナは賞金稼ぎ。懸賞金がかかってる相手を倒して、それで賞金をもらうの」

「それってつまり、俺が賞金首……ってことなのか」

「そう」

「えええええ!?　ハードさんが賞金首ですか？　ハードさん、なんか悪いことをしたんですか？」

「いやしてないよ」

「も、もしハードさんが悪いことをしてる悪人だったら……でもわたしハードさんの奴隷だし……」

緒に悪いことをするしかないのかな……」

サヤカがいつも通りぶつぶつ言い出した。

そんな彼女はほっといて、縛られてるルナに聞く。

「なんで俺が賞金首になってるんだ？」

「ギルドのランキングってあるじゃん？」

「ああ」

「あれの上位の冒険者は今全員賞金首なの。ランキングが上な人ほど高い懸賞金がかかってるの」

「あっ……悪いことをしたからじゃないんだ……」

「で、あんたはずっとランキング一位。やっぱりちょっとだけ上に行った人とずっと上にいる人じゃかかる懸賞金が違うんだ」

「そりゃそうだ」

「ちなみにあんたは今三千枚」

「……へ？」

三千枚って、なにが？

「懸賞金の額だよ、銀貨三千枚」

……。

「「ええええええ⁉」」

サヤカと一緒になって驚いた。

「ちなみにあんたの奴隷はそれぞれ百枚ずつ。ご主人様が三千ならそれくらいは普通につくね」

ルナの説明は頭に入ってこなかった。

三千枚って、三千枚って。

「増築を一回したマイホームよりも高いじゃないか！」

思わずつっこんだ。

それを聞いたサヤカがハッとした。

「家よりも……ハードさん……すごい」

って、尊敬しきった目で俺を見て。

ものすごく、複雑な気持ちになった。

19. 黒幕との対決

ルナの処遇が難しいから、コハクにも意見を聞こうと思った。

電書ハトで手紙を出して呼びつつ、サヤカにルナをくっつけさせたまま、宿屋につれてもどってきた。

「ひゃん！」

宿屋で階段をあがってると、ルナがいきなり小さな悲鳴をあげた。

「どうした」

「今ぶつかった」

「ぶつかった？　ああ階段狭いものな」

実は泊ってるこの宿屋、階段が結構狭かったりする。

それで上がってくるときにぶつけたみたいだ。

「大丈夫か？」

「うん……あいてて」

速さで上回ってるサヤカがついてるから、物理的な拘束はしてない。

そのため、ルナはぶつかった箇所をさすった。

……頭のてっぺんに生えてる二本のアホ毛を。

「ぶつかったって、そこをか」

「うん、そうだよ」

「そこってぶつかっていたいのか？」

「あたりまえじゃん。ここはルナの一番大事なところなんだからね」

ルナはアホ毛をさすりつつ主張する。

そ、そうなのか。

「ひゃん」

そう思ってるとまた悲鳴があがった。

「今度はどうした」

「さっきぶつかったからまっすぐ歩けないの」

ルナはすねた様にいった。

アホ毛をぶつけたからまっすぐ歩けないのか。

そういうこともあるのかな？

そんな事を思いながら長期滞在してる部屋にはいった。

コハクが既に戻ってきていた。

立って待っていた彼女は、俺が入るなり手をおへそのあたりに揃えて、頭を下げた。

「お帰りなさい、ご主人様」

まるで貴族のお屋敷にいる出来るメイドさんみたいな仕草だ。

前に「お召し物とかそういう言い回しはやめて」っていったけど、こっちはむしろやってもらってる。

これをする時のコハクの仕草がとても上品で綺麗だし、なんというかご主人様っぽいから好き。

「ほわ……」

ルナも彼女に見とれていた。

うんうん、気持ちはわかる。

かわいかろう？　俺の奴隷は。

ふふん、なんかご主人様として誇らしい気分だ。

サヤカとルナが部屋の中にはいって、ドアを閉めた。

コハクにルナのことを紹介した。

名前とかいきさつとか、その辺全部。

名前を聞いたコハクがちょっと反応した。

「Gの意思を継ぐ一族なんだね」

「Gの意思？」

なんだそれは、知らないぞ。

「この世のどこかに存在する『繋がらない大秘宝』を守るためだけに存在してるっていう幻の一族よ」

「幻の一族？　そんなにすごいヤツだったのかお前は」

びっくりしてルナをみた。

ルナは切なそうな顔をした。

「知らないよそんなの。ルナはずっと一人だったんだから」

「ずっと一人？」

「うん」

なんか訳ありだな。

でもそれなら……とコハクを見る。

「Gの一族とかじゃないんじゃないか？」

「なら、その髪の毛を切ってみましょう。Gの一族の特徴は頭のてっぺんに必ず生えてる二本のアホ毛。それを切っちゃうとまっすぐ歩けなくなるのよ」

「それはやめて！」

ルナは悲鳴の様な声をあげた。

もしかしたら本人知らないだけで本当にGの一族かもしれないな。

だってさっきもアホ毛をぶつけただけでふらふらしてたし、もし切ったら大変な事になりそう。なりそうだから。

「やめてあげて」

「わかった」

コハクはあっさり引き下がった。

「G……二本の毛……切るとまっすぐ歩けない……すごく速い……ひっ……」

サヤカがいつもの如くブツブツいって――なんか勝手に恐がりだした。

「でも可愛い……でもG……でもかわいい……でもG……」

今度はものすごい勢いで悩みだした。

なんか分からないけど、ほっとこう。

ルナが賞金稼ぎ、俺は三千枚の賞金首になってることをコハクに話した。

「どうしたらいい？　サヤカとお前はいれば負けることはないけど、ねらわれ続けるのはやだ」

「殺しますか？」

「それも寝覚めが悪いからやだ」

狙われたけど、賞金稼ぎだって知ってからまったく悪感情をもたなくなった。

賞金稼ぎは真っ当な職業だ、真っ当にやってるルナの事は嫌いになれない。

自分さえ狙われなくなればそれでいい。

「じゃあ、早くエルーガの仕事を終わらせましょう。問題なのはこの街でご主人様が賞金首になってることだから。ここから離れればなんの問題もなくなります」

「なるほど」

「仕事を投げ出して帰るのもありです。なんというか……」

「なんというか？」

「ここはいつまで経っても人手不足がなくならない気がしたから」

ああ、それは分かる。

元々けが人続出で人不足のヘルプにきたんだ。

今のエルーガの公認ギルド『勝つためのルール』はけが人が出続ける構造になってる。

ランキングがある、ランクをすっ飛ばして難しいクエストを受けて、一発逆転を狙える。

その構造で、今でもけが人が出続けている。

勝つためのルール、ってのがものすごく皮肉で。

確かに、一部の人間が勝つためのルールになってる。

それを考えれば、いつまでも付き合ってられないから今すぐに帰るのもあり。

ここまでやれば、もう助っ人としての義理は果たしてるしな。

「ね、ねえ」

ルナが話しかけてきた。

おずおずと、ちょっとだけ恥じらって。

「さ、さっきは髪を守ってくれてありがとう」

また髪の話をしてる、もう髪の話はしてないんだが。

「お返しに狙われなくする方法を教えてあげる」

「そんなのあるのか？」

「うん」

頷くルナ。

「賞金をもらうためには、賞金首を倒した証拠を持ってくんだ」

「そりゃそうだ」

「証拠ってのが、そのブレスレット」

「え？」

俺とサヤカとコハク。

三人は一斉に自分のつけてるブレスレットを見た。

ギルドから支給されたもの、いざって時のために救援の発信器になってるブレスレット。

怪我をしたらそれがどんどん光っていき、ギルドに連絡が行く、ってシステムだ。

「それをつけてる時に襲って、殺したらものすごく光るんだ。それをはぎ取って証拠として持ってくの」

俺と奴隷二人は互いを見比べた。

ブレスレット……？

なんだか分からない。

正体不明の疑惑とか不安とか、そういうのが大きくなっていった。

☆

部屋の中で、俺は考えた。

ブレスレットの事、それから生まれた不安の事。

正体は分からないけど、なんで急に不安になるかもあやふやだけど。

とにかく不安で、それを考え続けた。

「あああああ！　もうわからん！」

「ご主人様、ちょっとやすんで、ね」

「顔とか拭いて落ち着いてください」

サヤカとコハクがやってきた。

コハクは熱いお茶を淹れてくれた、サヤカは絞ったタオルを持ってきた。

俺はお茶を受け取って、一口すすった。

お茶の暖かさが体に染み渡る……。

目を閉じて、サヤカに顔を拭かせた。

サヤカは丁寧に顔を拭いてくれて、耳の中まで綺麗にしてくれた。

ちょっと強めだけど、強すぎない絶妙な力加減。すごく気持ちよかった。

「ありがとうサヤカ、ありがとうコハク」

二人にお礼を言った。

二人は嬉しそうに微笑んだ。

「あ、あの。ハードさんはそれ、また飲みますか？」

「お茶？　一口だけでいいよ。体温まったから」

「じゃ、じゃあ残りをわたしが飲んでいいですか⁉」

ものすごい勢いで聞かれた。

「別にいいぞ、ほら」

お茶を渡した。

サヤカは受け取って、湯飲みをぐるぐる回した。

何かを探してるのか？　と思うと、おそるおそる口をつけた。

「間接キスだ……」

そしてまたブツブツ、いつも通りのサヤカだ。

ブツブツの内容は気にしないでいながら、頭を撫でてやった。

可愛いブツブツとかわいくないブツブツがあるんだよな、サヤカに。

なんでだろう。

「……いいなあ」

ふと、離れたところにいるルナがつぶやいた。

ルナは俺達を見つめていて、言葉通り羨ましそうな顔をしている。

「いいな？」

「二人はハードの奴隷？」

「ああ、そうだ」

「いいなあ……うん、決めた！」

「決めたって何を？」

「ルナ、今度の仕事が終わったら奴隷を買うんだ」

ルナは力強く宣言した。

「ルナも奴隷を買って、ハードみたいな温かい事をするんだ」

「その時は俺のところに来い」

「どうして？」

「ご主人様道は深くて険しい、ちゃんとしたご主人様になれるように授業をしてやる」

賞金稼ぎはあまり関わりあいになりたくないけど、ご主人様は違う。

いいご主人様になれるように、奴隷をちゃんと扱えるように。

ご主人様の先輩として導いてやらねばな。

という義務感におられる俺だ。

「ハードさん、すごくやる気になってる」

「ご主人様道にすごくこだわりがあるんだね」

サヤカとコハクが感心していた。

感心される程の事じゃないけど、ご主人様道にこだわりがあるのはその通りだ。

☆

深夜近く、ギルド『勝つためのルール』。

冒険者達がいなくなる時間帯を見計らって、俺はここに来て、ロックさんと会った。

「もう帰る？」

「はい、あっちを空けすぎるのもまずいんで」

「けっ、助っ人に来たのにこっちはほったらかしかよ」

「すいません」

「けっ、わかったよ。別にてめえがいなくなってもどうもしねえ」

ロックさんは面白くなさそうに言った。

「それじゃ仮免は取り消し、ランキングからも抹消。ここから離れるんだからランキングボーナスはこれ以上払わんぞ」

俺は頷いた。

それはもちろんだ。離れててももらい続ける、なんて虫のいいことは考えてない。

「けっ、とっとと帰りやがれ」

最後まで悪態突き通しのロックさんだった。

この独特な喋り方ともお別れかあ、と思うとちょっと寂しくなる。

俺はギルドを出た。

夜の街を歩いて、宿屋に戻る。

「いけね、ブレスレット返すの忘れてた」

ポケットの中に入ってる三つのブレスレットを思い出した。

プリブに帰るのでもういらなくなった物だから、返そうとサヤカとコハクから預かってきたんだ。

それをもって来た道を引き返した。

ギルドの前にやってきた。

明かりは落ちてる、もうロックさんいないのか……？

と思ったらぼんやりとした明かりがついた。

ロウソク？　ランプ？

わからないけど、それっぽい明かり。

何もないところから急についた明かり。

火事のもとだったらいけないいと、俺は中に入った。

「だれかいません……か？」

言葉を失った。

目の前に繰り広げられてる光景に言葉を失った。

そこにロックさんがいた、しかし俺が知ってるロックさんじゃなかった。

ロックさんはカウンターの向こうにいて……ブレスレットをなめ回してた。

光るブレスレット、冒険者の誰かが大けがした時に光るブレスレット。

回収して、処分するはずのブレスレットを、ロックさんはうっとりした顔でなめ回していた。

「な、何してるんですかロックさん」

「……けっ、見つかったか」

ゆらり、とこっちを向くロックさん。

口調は変わらない、いつも通りのロックさんだ。

しかし雰囲気は違う、あきらかに違う。

ヤバさがビンビン伝わってくる。

瞬間、白い稲妻が頭を撃ち抜いた。

ルナの話で感じていたもやもやが具体的な形になった。

「もしかして……ロックさん、わざと怪我するように仕向けたんですか？」

冒険者が怪我すると光るブレスレット、それをうっとりした顔で舐めるロックさん。

「けっ、てめえを少し甘く見てたな。それに気づいたのはてめえが初めてだ」

質問には答えないで、一方的に語り出すロックさん。

「俺様が作り出したルールに、ここの冒険者は全員はまってくれた。成り上がりを目指して、一発逆転を目指して。そのルールにはまって、ルールの中で動いた。だれも俺のやってる事には気づかなかった」

「……」

「気づいたのはてめえだけだよ、ほとんど無傷でやってきたのもてめえだけだ。けっ、ノードを倒したのはまぐれじゃなかったって事か」

「ノード……」

なんでここでノードの名前が……？

「……あんた、何者だ」

目を眇めて、ロックを睨んだ。

「てめえに教える義理はねえよ。運が悪かったなてめえ、俺の正体を知らなかったら一儲けしたまま帰れたのによ」

ロックは凶悪に嗤った。

「知られた以上、生きて返すわけにはいかねえな」

ロックはブレスレットを取り出した、更に取り出した。

光るブレスレットを十個取り出して——それを口の中に入れた。

かみ砕いて——飲み込む。

なんと、人間だったロックさんが魔物に変身した。

赤のドラゴン——エンシェント種の魔物、ドラゴンに！

その巨体はギルドの半分以上を占めていた。

「これは……ブラックドラゴンの時と一緒？」

「あんなのと一緒にするな。ブラックドラゴンなんてのは所詮邪竜王の血、死んだザコ竜の一匹分、その更に一滴分の怨念と苦しみに過ぎない。しかし俺のは違う。人間が極限まで苦しんだ結晶、それを凝縮・精製したものだ」

「それを集めてどうするつもりだ」

「いいぜ、冥土の土産に教えてやる。俺はこの世界を破壊する」

「世界を破壊⁉」

「ノードの野郎は国を手に入れるとかぬかしてたが、そんな物になんの価値があるのか理解に苦しむ。この世で一番最高なのは苦しみ！　人間の苦しみそのものだ！　苦しみを糧に、更なる苦しみを産み出す。世界を破壊して人間をさらなる苦しみのどん底に突き落とす！　俺が俺様の目的よ！」

「……そんな事のために」

「けっ、説教なんざ今更ききたかねえよ」

「……」

「てめえの苦しみもおいて行きやがれ。どんな味がするんだろうなあ、てめえの苦しみは。甘いのかな、しょっぱいのかな、辛くて酸っぱくてこくがあるんだろうなあ」

赤い竜は恍惚した表情でいった。

やばい、イッちゃってるぞこいつ。

こんなにイッてる人だったのか。

「ハードさん！」

「ご主人様」

扉が乱暴に開かれた、奴隷の二人が入って来た。

「サヤカ！　コハク！」

「ハードさんがいつまでも戻らないから」

「心配で来ました」

「よく来た！　こいつを倒せ」

二人は赤い竜と向き合った。

「けっ、奴隷どもが来やがったか。だがそれも予想のうちよ」

「なに？」

「てめえらの力は把握してるって意味さ。てめえらが一番クエストをやってるから、それで力は把握してるのさ」

「力？」

「ブレスレット十個分で足りる、来るっておもってあらかじめ飲んでおいたのさ！」

そういうことか。

それも含めてやられてたか。

だが。

「サヤカ、コハク。やれ」

「「うん！」」

二人は大きくうなずいた。

サヤカは飛び込んで腕を振りかぶった。

「甘え！　力は把握してる。倍は耐えられるように堅くした」

コハクは詠唱を始めた。

氷の大魔法の詠唱だ。

「油断はしねえ！　魔法は正化ってのがある！　観察した最大の威力の三倍は耐えられる様にした！」

ロックは得意げに叫んだ。

イメージよりもだいぶ慎重な男だった。

だったが、三倍とか五倍とか……そんなものは意味ない。

サヤカが竜の巨体を吹っ飛ばした。竜の巨体が空中で回転した。

コハクは巨大な氷の刃を生み出した、刃は竜を横に両断した。

「ばかな！」

信じられないって顔をするロック。

サヤカとコハクがさらに迫る。

サヤカとコハクは無敵だ。

オレの奴隷たちは天下無敵だ。

どんな対策をされてても関係ない、ちからでねじ伏せるだろう。

俺はそんな二人が誇らしかった。

二人は竜にとどめを刺した。

竜は驚愕した表情のまま、薄まって、消えていった。

こうして、けが人続出の原因・元凶は消えて。

翌朝、サイレンさんがエルーガに駆けつけた。

20. 俺が一番うまく奴隷を扱える

翌朝。

ギルド『勝つためのルール』。

表に「臨時休業」って看板がでてて、中に俺たち三人と、サイレンさんがいた。

中に入ってきた俺達をみたサイレンさんが複雑な顔をした。

「ご苦労様、それとごめんなさい」

「あの……サイレンさんはああいう豹変しませんよね」

俺は不安になって、つい聞いてしまった。

「大丈夫、そうなっても俺が無限の愛で元に――」

「あんたは少し愛の数をへらしなさい♪」

サイレンさんは真横から伸びてきた旦那さん（？）の手を掴んで折檻した。

あっ、いつも通りだ。

「サイレンさんは大丈夫みたい」

「わたしも今ほっとした」

サヤカとコハクがいった。

うん、同感。

確証はないけど、サイレンさんなら大丈夫っぽい。

そんな気がした。

「本当にごめん、こんな事になってたなんて」

「ロックさん……じゃなくロックがなんでそんな事になってたんだ？」

「それはまだ分からない。別の事に気を取られてまだそこまでしらべられてないんだ」

「別の事？」

「ブレスレットの話をおしえてくれたじゃない？」

俺は頷く。

昨日、ロックを倒したあと、電書ハトでサイレンさんに連絡を取った。

その時にブレスレットの事を色々教えた。

サイレンさんは光っていないブレスレットを一つ取り出して、複雑そうな顔でそれをみた。

「まず、こんなものをあたしは知らない」

「え？」

「負傷者の救出と把握に使われてるって聞いて、いくつかのギルドに聞いてみたけどみんなそれを知らないっていった」

「どういうことなんだ？」

「これは、ロックが独自につくって、使ってたもの。昨日の話からすると、冒険者の負傷を把握、救出するためが目的じゃなくて。負傷した冒険者から何かを吸い取って、それを回収する。のが本来の機能だと思う」

「そうね、ロックの真意を知った後ならその解釈が正しいね」

コハクが納得した。

「どうやってこんな物を作ったんだ？」

「それも問題の一つではあるんだけど、もっと問題なのがあるんだ」

「もっと問題なのが？」

「ここ」

サイレンさんはブレスレットを裏返した。

そこに番号が振ってある。

掲示板にくる一から百までの番号とはちがう、もっと大きい番号だ。

「そういえばそんな物もあったな。特に気にしてなかったけど」

「ロックが残して行ったこれは三十個くらいあったの。その中で確認出来た一番大きい番号は六百二十一。つまり……」

「――使われた？　いや持ち去られた⁉」

サイレンさんは頷いた。

「どっちなのかは知らない。でもどっちにしても……」

「やばいぞ、それって」

サイレンさんの出した数字、そこから計算すると六百個近くのブレスレットが行方不明だ。

ロックはたしかブレスレットを十個使った。

それがあの赤いドラゴンだ。

見あげるしかなくて、建物の半分も埋めてしまうほどの巨体。

あれが十個分。あと五百個以上はある。

サイレンさんは重々しく頷いた。

「そう、まずい。目的はしらないけど――」

ガタン。

ドアの方からいきなり物音がした。

振り向くと、ドアが開かれ、アホ毛の女の子がたっていた。

「ごめん、今日は営業は――」

「ルナ？」

俺が女の子の名前を呼んだ、サイレンさんが訝しんで首をかしげた。

ルナは――ふらふらと倒れてしまった。

ドアをあけて、中に入って――一歩踏み込んできた途端倒れた。

「ルナ！」

俺は駆け寄った。サヤカもコハクもついてきた。

ルナを抱き起こす。

「ルナ！　しっかりしろルナ！」

ぼろぼろになったルナは意識がなかった。

☆

ギルドの二階、ベッドのある部屋。

ルナに手当てをして、そこに寝かせた。

ルナに意識はない、が、規則的に寝息を立てている。

たまに苦しそうに眉がゆがむけど。

「見た目はひどいけど、ほとんど外傷だね。何日かで動けるようになると思う」

サイレンさんは言った。

それはよかった。

「それよりも怪我の種類が気になる」

「種類ですか？」

サヤカが不思議がって、サイレンさんが頷いた。

「念の為に後で検査キッドを連れてくるけど、どうもエンシェントモンスターから受けたダメージっぽいね」

「エンシェントモンスターって?」

「普通と違うモンスター、古代種とも呼ばれてるね。普通のモンスターは三秒ルルとか、カメラ小僧とか、今話した検査キッドとか。名前が『説明つく』タイプのモンスター」

サイレンさんが一息ついたところで、コハクが引き継いで説明する。

「エンシェントモンスターは名前に説明つかないの。例えばオーク。なんでオークはオークっていう名前なの? って聞かれても説明出来る人はいない。古代種だから古代人か神様は分かるんだろうけど」

「そっか……名前じゃ説明できない……あっ、ドラゴン!」

サヤカはハッとした。珍しく察しがいいな。

「そう、ドラゴンもなんでドラゴンなのか説明できない」

「ドラゴンもエンシェントモンスター。サイレン。彼女の怪我も?」

「そうみえる」

頷くサイレンさん、コハクの顔は険しくなった。

ドラゴンなんてそんなしょっちゅう出てくるもんじゃない。

普通の人間なんて人生に一回くらい、冒険者でも年に一回くらいあうかどうかのレベルだ。

昨日のこと、そして今日の事。

ロックの事を連想しない方が難しい。

「みんな……逃げて……」

ベッドの方から声が聞こえた。

起きたのか!?　と思ったら違ったようだ。

寝かされてるルナには意識がなくて、うわごとを言ってるみたいだ。

「逃げて……早くにげて……ここは、くいとめ、て……」

そういって、またがくっ、ってなってしまった。

額に豆粒大の脂汗をいっぱい浮かべて、顔は苦しそうにしてる。

さっきよりも苦しそう、あきらかに怪我の痛みだけじゃない。

俺はサイレンさんと奴隷達をみた。

みんなでうなずき合った。

☆

ギルド名義で情報を集めた。

エルーガの街で、賞金稼ぎ。

それに関する情報を集めた。

緊急で、報酬をかなり積んだら、すぐに情報が集まった。

その情報を元に、俺と奴隷の二人が急行した。

☆

「ひどい……」

サヤカが目を覆った。

情報通りにやってきた、エルーガの街外れ。

もともとは炭酸倉庫だったそこは惨劇の現場だった。

あっちこっちに人間が倒れている、ぴくりとも動かない、生きてるとは思えない。

「ここが賞金稼ぎのアジトか……」

「公認ギルドじゃないから、こんなもんね」

「だ、だれか生きてる人いないのかな」

サヤカはは泣きそうになるのをこらえて、生存者を探して回った。

俺とコハクは視線を交換した。

いるはずがない、というアイコンタクト。

こんな惨劇の現場で生き残りなんて都合のいい――。

「ハードさん！　この人生きてます！」

「なに⁉」

びっくりした俺。

コハクと視線を交換して、サヤカの元に駆け寄った。

しゃがんでるサヤカの横にいるのは、まだまだ少年っぽい男だった。

体が血塗れだが、苦しそうにゆがんだ顔をさらに変えた。

本当に生きてる！

周りが死んでる相手で、二人の『ちーと』は発動しない。

俺が男を抱き起こした。

「けががひどいけどまだ間に合うかもしれない！　連れ帰って治療するぞ」

「うん！」

「待ってご主人様！　敵が！」

叫ぶコハク。

表からぞろぞろと魔物が入ってきた。

大小さまざま、見た目も様々な魔物。

唯一、メタリックな色合いが共通点だ。

「どいて！　行かなきゃいけないの！」

命令する前にサヤカが飛び出した。

一番手前にいたメタリックなスライムを殴りつけた。

ヒット、しかし。

「いったーい」

なぐったサヤカが手を押さえた痛がった。

戻ってきた、涙目になってる。

「ど、どうして……」

「あれはメタル種だ。とにかく硬いのが特徴だ」

「いくら硬くてもハードさんからもらったチートなら――」

「動かザル」
重々しくつぶやくサヤカ、うなずく俺。
そう、動かザル。
ああいうのと、このメタル種みたいなの。
攻撃力が極端に低くて、防御力が極端に高い魔物は二人の天敵だ。
コハクは魔法を詠唱した。
かつてないほど小規模な氷の魔法がメタルモンスターに当たって、そのまま消えた。
コハクが眉をひそめた、誰がみてもわかる、効いてない。
倒す事をあきらめて、どかす作戦に切り返るサヤカ。
それも数が多すぎて、うまくいかない。
そうこうしてるうちに助けようとした男の息が荒くなってきた。
苦しそうだ、このままじゃまずい！
必死に考えた。
どうする、どうすればいい？
――――！
「コハク！　俺ごと縛れ！」
男をおいて、メタルモンスターの群に飛び込んでいった。
「ハードさん⁉」
サヤカは驚いたが、コハクは理解した。

次の瞬間、ぶっとい氷の鎖が、俺と魔物たちをまとめてふんじばった。

☆

男を連れて帰った、何とか間に合って、命は助かるらしい。

ギルドの一階はまだ臨時休業中で無人、俺と奴隷の二人だけがいた。

「さすがですご主人様、あんなやり方を思いつくなんて」

「その場しのぎだ、何回もやれるわけじゃない。なんかほかの方法を考えないと」

俺は考えた、メタル種や動かザルのようにサヤカとコハクの天敵がこれからもでるかもしれない。

そのときどうしたら良いかを必死に考えた。

「とっさにあんなことができるなんて、やっぱりただ者じゃないね、ご主人様は」

「うん、わたしなんていつもの事が出来なくなっておろおろしてるだけだった」

「普段と違う事をとっさに思いつく、危険を省みずに実行に移せる。本当すごい」

「集中してる顔もかっこいい……はっ」

「大丈夫、ここまで集中してるご主人様には聞こえないから。もちろんあたしもいわない。だから早いウチに自分の口からいうといいよ」

「う、うん」

「あとご主人様ってよぶのもね」

「わ、わかってるもん」

俺は必死に、二人をもっとうまく使える様に。

ご主人様としてうまく使うことを考え続けた。

21. 光を超えて

一旦エルーガを出て、街から少し離れて。

人気のないところまできた。

人間と同じくらいの大きさの岩を見つけて、その前にたった。

「サヤカ、ちょっとこれを叩いてみろ」

サヤカにいって、岩を叩かせた。

可愛いかけ声とともに、サヤカは岩を叩いた。

結果、どうもしなかった。

『相手の十倍つよくなるちーと』は予想通り無機物には無力だ。

「コハクもやってみろ」

「壊すの？　だったらムリ。こんなのを壊せる程の魔力はないもん」

コハクはやる前に白旗をあげた。

それならそれでいい。ムリして壊せって話じゃないから。

「ご主人様、これをどうするの？」

「ちょっと待ってろ」

サヤカに手招きをして、耳打ちして作戦を吹き込む。

サヤカが遠くに離れた、腕組みしながら岩を背にしてコハクに振り向いた。

「コハク、俺に向けて魔法を撃ってみろ。全力でいいぞ」

「いいの？」

「ああ、やってくれ」

コハクはほんのちょっとだけ俺を見つめてから、距離を取った。

魔法の詠唱をはじめる。コハクの『ちーと』は相手の十倍の魔力になること。

みるみるうちに巨大なヤリが作られた。

戦女神のごとく、それを投げつけてきた。

氷の槍がうなりを上げて飛んでくる。

俺は腕組みしたまま迫ってくるのをみていた。

瞬間、横からタックルされた。

超スピードで飛んでくるサヤカが飛んで来て、俺を抱えて真横に飛んだ。

結果的にヤリをかわして、そのヤリは大岩を貫いた。

「こんなもんか」

貫かれ、その後ぼろぼろになった岩をみて、想像通りの結果にとりあえず満足した。

「ハードさん、これってどういう事なの？」

「簡単だ。十倍にしても弱いままの相手に対して、十倍の対象を俺にして攻撃させる。攻撃させて当たる前に抜け出す。前に俺ごと縛れ！　をやっただろ？　あれに脱出方法をくっつけてみた」

「なるほど！」

納得するサヤカ、直後にちょっとだけ拗ね顔になった。

「ひやひやしたよ。ハードさん、平然と腕を組んでるんだもん」

「泰然としてたもんね。あたし、本気で撃ったんだよ」

「知ってる。俺がそう命令したからな。サヤカにも命令してあるからな、撃った瞬間俺をさらって逃げろって」

「それだけであんなに平気にしてられたの？」

「もし失敗したらどうするんですか？」

サヤカとコハク、二人が質問してくる。

そんなあたり前の事をなんで質問するのかって思ったけど、まあ、聞かれたし答えるか。

「全力で攻撃しろって命令した、コハクはその通りにした」

コハクは頷く。

「魔法をうったら全力で俺を助けろといった、サヤカはそうした」

サヤカも頷く。

「俺は命令した、奴隷は命令通りにした。命令通りにしたのならそれでいい」

「でも、失敗したらどうするんですか？」

「サヤカは命令を忠実に守ったんだろ」

聞き返す俺。

いやまあ聞き返すまでもなく、サヤカはそうするって分かってるけど。

「う、うん」

「奴隷が命令通りにしたなら、結果がどうなろうと受け入れるべきだ。自分の命令で『こんなはずじゃなかった』って慌てるのはザコご主人様がすることだ」

そんなのはかっこわるい、俺はそんな事は絶対にしない。

ついでにいうと今こうして説明するのもほんのちょっとだけかっこわるいけどな。

かっこうわるいけど、奴隷が疑問に思ったら説明してやらなきゃな。

俺はきびすを返して、街に向かって歩き出した。

エルーガに戻る間、俺は考えた。

これでまた一つ技を身につけた。

この技のキモは俺も頑張らないといけない事だ。

コハクの魔法も、サヤカが俺を救出するスピードも。

どっちも俺準拠で十倍になるもの。

俺自身が強ければ強いほどそれが十倍になる。

そんなに使う訳じゃないけど、いざって時のために俺も強くならなきゃな。

そうするためには……。

「ハードさんがそんな風に思ってたなんて……ご主人様っていうのはすごいんだ……」

「騙されないでサヤカ。あたし立場上いろんな『ご主人様』を見てきたけど」

「あっ……お姫様……」

「こんなにちゃんと『ご主人様』をしてて、器がでっかい人は他にいないんだから。大抵口だけ」

「うん……なんかわかる気がする」

「サヤカは運がよかったのよ」

「コハクさんもそうですよね」

「うん、もっちろん」

努力が自動で十倍になるなら、いろいろやれる事がある。

俺はそんな事を考えながら、なんかまた仲良くなっていく二人の奴隷を連れて、エルーガに戻っていった。

☆

ギルド『勝つためのルール』に戻ってくると、一階にはだれもいなくて、ちょうどルナがおりてくるところだった。

階段をおりるルナはふらついて、脚を踏み外した。

「サヤカ！」

「うん！」

対象がルナだから、サヤカは風よりも速く動けた。

一瞬で距離を詰めて、ルナを抱き留める。

「大丈夫ですか？」

「うん、ルナは……大丈夫」

ふらつくルナを椅子に座らせた。

サヤカは俺のところに戻ってきて、俺は入れ替わりにルナのところに向かった。

椅子を引いて、向かいに座る。

「体は大丈夫か?」

「うん……」

「すまない、一人しか助けられなかった」

「話は聞いた……ありがとう」

ルナはうつむいて、啜り泣いた。

悔しいけど、仕方ないって反応。

俺がたどりついた時はもう全滅してて、一人しか生存者がなかった事はサイレンさんに報告してた。

それが伝わってる、って事だろう。

しばらくの間ルナに好きな様に泣かせて、吐き出させた。

たっぷり泣いて落ち着いて来たのをみて、改めて話しかけた。

「話を聞いていいか?」

「うん」

ルナは手の甲で涙を拭った。

無理矢理わらおうとしてるのが痛々しい。

が、それを何とかするためにも、まずは聞かなきゃならないと思った。

俺は賞金稼ぎのグループの話を聞いた。

どういう集団だったのか、普段何をしていたのか。

特にどういう人間がしきっていたのか、それを聞いた。

なぜならそいつがルナをこんな目に遭わせた張本人だから、何をするにしても正体を知らないと話にならないからだ。

だから、それを聞いたんだが――。

「まて、その男の口癖《くちぐせ》をもう一度言ってみろ」

「うん。なんか喋る前に必ず『けっ』っていうんだ。柄が悪くてちょっといやだったけど、ちゃんとしたらお金はちゃんとくれたから……」

びっくりした。

思わず振り向いてサヤカとコハクをみた。

二人は頷いた。俺と同じ事を考えていたようだ。

喋る前に「けっ」っていう……。

このタイミング、偶然にしては出来すぎてる。

俺は更に聞いた。

その男の事を、見た目を、特徴を。

見た目は変装しているのか俺が知ってるあいつと違うが、それ以外は完全に一致してる。

「……ロックだ、ロック・ネクサスだ」

「知ってる人なの？」

訝しむルナに今度はこっちから説明してやった。

ギルドの事件、ロックにはめられて冒険者に負傷者が次々と出てたこと。

それを話した。

「ど、どうしてそんな事に？　ここのギルマスがなんで？」

「多分」

コハクがいった、俺は振り向いた。

「その方がより効率的だったんだと思う。ランキング上位の冒険者は中々怪我とかしなくてブレスレットの力が集まらないから、今度は賞金稼ぎをけしかけて戦わせたんだよ」

「なるほど……」

納得だ。

そこまでしてブレスレットを、苦痛を集めたかったのか。

何がしたいんだあいつは。

ガタン。ギルドのドアが開いた。

外から武装した男たちがぞろぞろ入ってくる。

冒険者でもない、賞金稼ぎでもない。

そういう人間は装備も見た目ももっとばらばらだ。

入って来たのは画一的な装備で固めた男達。

警備隊か兵士、そういうタイプの集団。

「ルナ・クレイドルだな」

十人近く一気に入って来て、外にも同じ格好をした男達がぞろぞろいる。

その中で一番偉そうな、リーダーらしき男がルナの前に立った。

「な、なに？　ルナに何の用？」

物々しい空気にルナは怯えた。

「我らエルーガ自警団。ルナ・クレイドル。お前をネクサス事件の重要参考人として連行する」

「えっ⁉」

「待て」

俺は男とルナの間に割って入った。

「彼女は被害者だぞ、連行するなんておかしいだろ」

「そんな事は調べてみなければ分からない。よしんば被害者だとしても重要な手がかりを知っている可能性が大きい」

「それは――」

そうかもしれない、そうかも知れないけど。

「じゃまだ、どいてもらおう」

男は俺を押しのけて、無理矢理ルナの腕をつかんだ。

「きゃっ」

ルナは捕まった。

はじめてあったときの閃光のような速さはどこへやら、あっさり捕まってしまって、なすがままにされてしまう。

腕を捕まれただけでバランスを崩して倒れて、まなじりに涙を浮かべた。

「――っ。サヤカ、コハク」

「はい！」

「どうするの？」

「こいつらを追い出せ、この建物から」

奴隷の二人は命令に従った。

俺が与えた奴隷の証、十倍の『ちーと』を駆使して自警団をギルドから追い出した。

そして入って来れないように、ドアとかの出入り口をガードした。

自警団がせめて入ろうとしたが、二人にあっさり撃退されてしまう。

「大丈夫か」

「うん、ルナは大丈夫……」

「そうか」

「やっかいな事になったね」

いつからいたのか、サイレンさんが奥から顔を出した。

難しい顔をして、俺達の元にやってくる。

「わかってるの？　相手が正しいんだよ？」

「それは……わかってる」

「事件を解決しないと、エルーガの自警団が彼女を捕まえようとするのは正しい。それに」

「それに？」

「例え解決しても、捕まえるのは法的に正しい。公認されてるギルドとは違って、賞金稼ぎは非合法だから。それに加担したという事実があるから、結局は捕まえられる」

「……」

そんな事が……。

それが正しいのか？

……正しいのかも知れない。

だけど……。

「ありがとう。ルナはもう大丈夫」

そういってルナはすっくと立ち上がった。

ふらふらしたままで立ち上がった。

「大丈夫って何がだ？」

「やる事が決まったから」

「やる事？」

「仕返し」

にっこりと、ルナは微笑んだ。

最初に出会った頃のような顔で、切ないセリフを口にする。

「そのロックっていうのを見つけて、仕返しをする。みんなをひどい目に遭わせた事を仕返しを」

復讐を誓うルナ。

口調も、見た目も。

あらゆる面で幼いままだけど、復讐を誓う意思だけはもう幼くない。

むしろ悲痛なくらい、嫌なくらい大人だった。

……復讐。

俺は考えた。

一瞬のうちに、色々頭を駆け巡った。

サイレンさんに振り向いて、聞く。

「解釈を聞かせてくれ。このままロック事件が解決されても彼女はつかまるっていったよな」

「ええ」

「これならどう？」

ポケットの中から箱を取りだした。

パッカリ開く四角い箱、中に指輪が入ってる。

次の奴隷のために用意してあった、奴隷指輪。

それを見たサイレンさんが静かに答えた。

「奴隷のあらゆる犯罪はご主人様の罪になる」

やっぱりそうだった。

俺が知ってる法律そのままだ。

そう、奴隷が犯した罪は全てご主人様の責任。

そしてそれはさかのぼって適用される。

奴隷にするという事はその子の人生の全てを背負い込むということ。

だから俺は、指輪をもってルナにいった。

「ルナ、力がほしいか?」

「力?」

「力をあげる。ロックに復讐するための力を」

「出来るの?」

「あの二人を見ろ」

サヤカとコハクをさした。

二人は小競り合いを続けている、入ってこようとする自警団を押し返してる。

「あの二人の力は俺が与えた物だ」

「――」

ルナは息を飲んだ。

二人と交戦したことがあるルナには彼女達の力が分かっている。

それが手に入るの? という驚きが顔に表れていた。

「どうすれば……?」

「これをはめて、俺の奴隷になる。それだけだ」

奴隷指輪を差し出す。

ルナはそれをしばし見て……躊躇せずに受け取った。

「仕返し……させてくれるよね」

「最優先でやる」

「おねがい――っ」

そういって、指輪をつけた。

左手薬指にはまった奴隷指輪。

それがまばゆい光を放って、ギルド内を包み込んだ。

☆

自警団は一旦引いた。

ルナが俺の奴隷になったことで、その罪は俺の物になった。

そして俺は一つ星公認ギルド、『ラブ＆ヘイト』のギルマスの保証もあって、ひとまずは執行猶予って扱いになった。

そうして、ギルドの中、ルナが目覚めるのをまった。

ルナは目覚めた。

二本のアホ毛をピョコピョコさせて、ぼんやりした顔で起き上がる。

「どうだ？」

「ここは……あっ」

「夢の中で何を言われたの？」

奴隷の先輩、『ちーと』のセンパイであるサヤカが聞いた。

「ハードくんと手をつないだら分かるって」

「手を？　よしつなごう」

手を無造作に差し出した。

ルナはおずおずと手を握ってきた。

瞬間、世界が反転した。

黒が白に、黄色が青に……色が元のものと逆になった。

そして——。

「サヤカ？　コハク？」

二人はびくりとも動かなかった。

まるで影像になったかのように。

どういう事だ？　これは？

「ハードくん、ほこりがとまってる」

「ほこり？」

「ほらここの」

ルナは空中をさした。

なにもないそこだが、目を凝らすとほこりが見える。

そのほこりは——ほこりたちは。

全部、空中にぴたっととまっていた。

「もしかして……時間がとまった？」

「えええええ？」

びっくりして声をあげるルナ。

思わず手が離れて、世界の色が戻って、サヤカ達が動き出した。

……。

俺はテーブルに手をかけて、もう一回ルナに手を伸ばした。

ルナがおずおずと握ってきた。

にぎる直前、テーブルを倒した。

握った瞬間、テーブルが固まった。世界の色が反転したまま固まった。

「やっぱり……時間が止まってる」

「ハードくんとつないでるときだけ？」

頷く俺、どうやらそうみたいだ。

ぶっちゃけ予想とはちがった。

閃光のように速いルナだから、『ちーと』は速度を強化するものだとおもったが、予想に反して時間をとめる『ちーと』だった。

だが、予想はいい方にはずれていた。

「これなら復讐できるぞ」

「――うん！」

ルナの目に、久しぶりの輝きが戻った。

22. お前の物は俺の物、俺の物も俺の物

エルーガ鉱山、地下一階。

俺はルナと二人でやってきた。

炭酸採掘で出来た人工の洞窟《どうくつ》、壁にはランプが取り付けられてて、意外と明るくて広い。

その洞窟を奥へ奥へと進んでいく。

「ここにいるの？」

「ああ、採掘手順をうっかり間違えて大量発生させてしまったらしい。――ほら来たぞ」

「あれが……炭酸カス」

俺たちの前に現われた、人型の魔物。

見下ろすほど背が低くて猫背、顔はのっぺりとして表情を作れる程のパーツはない。

なにより、全員が岩石で出来ている。

「はじめてみた……炭酸カス。名前は聞いたことあるけどこんななんだ」

「炭酸の石の採掘に捨てられるカスが変化した魔物。ちゃんと処理するとただのゴミだけど、手順をミスるとこうして魔物化する」

「そうなんだ」

「気をつけろ。見た目通り硬いし、見た目以上に速いぞ」

「うん――あっ！」

言ってるうちに炭酸カスが襲いかかってきた。

ルナ並みの速さで飛びついて、岩で出来た両腕をハンマーパンチで振り下ろす。

ルナは得物のナイフを取り出した、身構えていつも通り応戦しようとしたが。

「ルナ」

「――はっ」

名前を呼ばれて、その事を思い出すルナ。

ここに来たのは再開したギルドのクエストをこなすためでもあるけど、ルナが覚えた『ちーと』を試すためでもある。

思い出させられたルナは応戦を取りやめて、俺と手をつないだ。

瞬間、世界の色が変わった。

あらゆる色が反転して、ものが静止する。

空気も、ランプの中の炎も、飛びかかった炭酸カスまでも。

全部が止まった。

時間停止。

それがルナについた『ちーと』だ。

「すごい……本当に時間が止まるんだ」

「そうだな」

「ハードくんは驚かないの？」

「うん、だって『時間停止のAVは九割ヤラセ』だって聞いたことがあるから」

一割が本物ならこういう風に時間を止められる人もどこかにいるから、そんなには驚かなかった。

「え、ええええエーヴィ!?」

ルナが盛大に赤面してあたふたしだした。

それでつないだ手が離れてしまって、時間が動き出した。

炭酸カスも動き出した。そのまま飛びかかってきてハンマーパンチが振り下ろされた。

とっさに何とか避けた、パンチが地面にヒットして、地面がボコっと穴が開いた。

俺とルナが分断された。炭酸カスは俺達のあいだに割り込んだのだ。

こりゃまずい――って思ったけどそうでもなかった。

ルナはアホ毛をぴょこぴょこさせて、出会った時となんら変わらないものすごいスピードで炭酸カスを回り込んで、また俺と手をつないだ。

世界が反転、時間が静止する。

「ふう……」

「もう！　ハードくん変な事言わないでよ」

「いや変な事をいったつもりは」

「え、AVとかいったじゃん」

それって変な事か？　AVって言っただけだろ？

ルナはますます赤面した、俺と手をつなぎながらもじもじした。

「ルナ乱暴されちゃうのかな……時間停止AVみたいに乱暴されちゃうのかな」

なんかブツブツ言い始めた。

サヤカのブツブツはかなり小声で聞き取れないけど、ルナのブツブツはほとんど普段の声の大きさで全部聞き取れない。

いや、この場合時間停止能力はルナの『ちーと』だから、乱暴されるのは俺の方じゃ？

……。

「ルナ、時間停止中もいつもの様に速く動けるか？」

「えっと……やってみる」

ルナは俺と手をつないだまま少し考えて、俺を抱き上げた。

なんとお姫様だっこで！！！

俺を抱き上げたまま、手をつないだまま動いた。

炭酸カスを中心に動き回った。

「ちょっと遅いけど動けるみたいだよ」

「お、おう」

「ごめんね、ハードさんだっこしたままだとこれが限界みたい」

いや充分だ……それよりも。

「下ろしてくれないか」

「え？……ひゃん！」

自分がやってる事に気づいて慌てて俺をおろした。

それでまだ手が離れて、時間が動き出した。

炭酸カスが俺を襲った、やばい避けられない――。

時間が止まった。

とっさにルナが手をつないだからまた時間が止まった。炭酸カスも止まった。

ふう……。

とりあえず状況を整理した。

ルナの『ちーと』は、俺と手をつないでる時にだけ時間を止められる能力。

手を離すと時間が動き出してちょっとピンチになりかけるが、ルナはもともとスピードがものすごく速くて、すぐに手をつないで来れるから大した問題じゃない。

気になるのは……時間はどれくらいの範囲で止まることと、止まってるときに相手に攻撃出来るかだ。

狭い範囲で止めてるのか、世界中で止まってるのか。

止めてる時に攻撃出来るのか、できなくて攻撃は動きだした後の隙をついてやるのか。

この二点を確認する必要があるな。

「ルナ。このままこいつを攻撃してくれ」

「うん！――えい！」

電光一閃！

ルナのナイフが弧の軌道を描いて炭酸カスに斬りつけた。

火花が散った、ナイフと炭酸カスの体が同時に欠けた。

「かったーい」

「切れないのか」

「うん、硬すぎるよこれ。ちょっとしか傷をつけられなかった」

「……時間を動かしてもう一度切ってみて、その後すぐにまた時間停止」

「わかった！」

言われたとおり手を離して、電光の如く斬りつけて、すぐにまた手をつないで時間を止めた。

「どうだった、手応えは？　同じか？　それとも止まってるときとそうじゃないときとの硬さに違いがあったか？」

「うんとね、まったく同じだったよ」

「そうか」

俺は地面を靴のつま先で掘ってみた。

洞窟の柔らかい地面はグリグリすると小さい穴ぼこができた。

時間停止中だからといって攻撃が出来ないなんて事はないみたいだ。

あくまで、目の前の炭酸カスが硬すぎるだけ、ってことらしい。

「大体分かった。こいつを片付けるぞ」

「うん！」

その後、俺はルナと手をつないだまま炭酸カスを倒した。

ルナはナイフでごりごり削って、俺は岩を拾ってガンガン叩いた。

汗だくになって、完全に解体してから時間を動かす。

完全に壊された炭酸カスは動く事はなかった。

これが、奴隷ルナとの初めての共同作業だった。

☆

夜、宿屋。

ランプを消した個室の中、俺は仰向けでベッドに寝て、天井を見あげていた。

ルナの『ちーと』は丸一日実験をして、ほぼほぼ把握出来た。

俺と手をつないだ時だけ時間を止められる、世界全体が止まってるらしかった。

能力自体ほとんど欠点はないけど、手を長くつないでると——なんというか、こんな感じになる。

俺は寝返りを打った。途中でさっと枕をひっくり返した。

長く寝てると枕と頭が熱くなって、寝返りを打ったり枕をひっくり返したりしたくなるのと同じように。

長くつないでると、汗とか熱とかで一旦手を離して繋ぎ直したくなるときがある。

欠点があるとすればそこだけだ。

ルナの手自体、柔らかくて小さいからいつまでもつないでたいけど、つないでるとふと離したく時がある。

不思議だ。

まっ、大した問題じゃない。

「……ハードくん」

「うわびっくりした！」

急に声をかけられて、心臓が口から飛び出るくらいびっくりした。

暗い部屋の中、ドアのところにパジャマ姿のルナがいた。

音がしなかった、いつ入って来たんだ？

伝説のニンジャかお前は。

ルナはうつむき加減で、アホ毛も心なしか元気がない。

「……どうした？」

「——っ！」

ルナはベッドの上にいる俺に飛びついてきた。

手を握ってきた。

世界が反転する、時間が止まる。

はは、まるで時間停止のＡＶみたいだな。

「ハードくん……」

ルナは手をつないだまま、たどたどしく自分のパジャマを脱いでいった。

——ってほんとに時間停止ＡＶ⁉

いや違うだろ！　あれは止まってる人にイタズラするもんだ。

俺は止まってない、そういうのじゃない。

落ち着け俺、落ち着け……。

「な、なにをひてんだルナ」

……ちょっと噛んでしまった。

ルナはそれに気づいてるのか気づいてないのか、いつもより真剣なトーンで言ってきた。

「恩返し」

「恩返し？」

「うん。ハードくんに助けられた恩返し。ルナ、これくらいしかできないから」

そう言いながら、パジャマを脱ごうとする。

だが手は震えていた、パジャマをうまく脱げない。

……。

俺はルナの手を止めて、パジャマを着せてやった。

「ハードくん？」

「そんな事をする必要はない」

「でも、それじゃルナは何も返せない」

「返す必要なんてどこにある？」

「え？」

きょとんとなるルナ。

俺は彼女の左手を取って、薬指の指輪を撫でた。

うん、返す必要なんてどこにもないよなあ。

「ルナはもう俺の奴隷だぞ？　って事は、ルナの全ては俺のものだ」

「う、うん」

「全部俺のものなのに、俺に何かを返すっておかしくないか？　あえて言おう、ルナは一生俺にお返しが出来ない体になったのだ」

「えええ？　で、でも」

「でも？」

「でも……でもぉ……」

困り果てるルナ。

うつむいたり、ちらちら俺を見たりした。

「いいの？　本当に」

「いいもなにも、それが奴隷ってもんだ」

「……」

ルナはじっと俺をみる、なんかびっくりしたりもした。

しばらくして、納得したように頷く。

「うん、わかった」

ルナは笑顔になった。

出会った時にみた、明るくて無邪気な笑顔。

「ルナ、頑張って奴隷する。……うん！　ずっと奴隷でいられるように元気でいる」

「おっ？　それはポイント高いぞルナ。うん、そうだ。奴隷は許可なく病気とか怪我になるのはＮＧだな」

「だよね！　ルナ頑張る！」

アホ毛をぴょこぴょこさせて、笑顔を見せるルナ。

そんなルナを起こして、部屋に送り届けた。

すっかり元気になったみたいだな、いいことだ。

☆

そして、翌日。

サイレンさんからロックの居場所を突き止めたと連絡があった。

さあ、復讐開始だ。

23. 静止した世界の中で

サヤカ、コハク、ルナ。

三人を連れて街を出た。

目的地はエルーガの街から南に行ったところにある、廃れた教会。

以前はエルーガの民の信仰で賑わっていた時期もあったが、炭鉱が出来て、エルーガ鉱山のちょうど反対側にあることで次第に廃れていった教会。

ロックはそこにいる。ということで三人の奴隷とともに向かっていた。

歩きながら、まずはサヤカとコハクにいう。

「多分敵がわんさか出る、すんなりロックと戦える事はないだろう」

「分かってる。ご主人様とルナの露払いをすればいいんだね」

コハクはすぐに理解した。

前の事件、サローティアーズ王国がノードに乗っ取られかけた事件では、彼女はルナのポジションにいた。

だからコハクは今回自分が何をすればいいのか、それをよく理解している。

「ロック以外の敵を倒せばいいの？」

「ああ、サヤカになら出来る」

「うん、頑張る」

サヤカは小さく拳を握り締めた。

気合を入れる仕草は可愛いかった。

二人に言い含めた後、今度はルナの方を向いた。

ルナはまっすぐ前を睨んでる、顔が強ばっている。

いつもはぴょこぴょこしてるアホ毛も、心なしかピーンと張り詰めている。

その顔はあまり見ていたいものじゃなかった。

早く復讐をさせて、元のルナに。

明るくて可愛いルナに戻してやりたいと思った。

俺達四人は進む、教えられた道を進む。

やがて、崖の上にポツンと佇む一棟の教会を見つけた。

まわりに何もない、木々すら生えていない教会。

「あそこにいるのか」

「教会とは聞いたけど、まさか古神シエテの教会だったなんて」

「古神シエテ?」

「ご主人様は神って聞かれると誰の事をおもいだす?」

「だれって、この世界の神はセーミ様一人だろ? なんだそのシエテってのは」

「ざっくりいうと、セーミ様と争って負けた古い神の事だよ。この辺は話すと長いけど、序論だけでも聞いとく?」

「いや、いい」

首をふった。

「そんな事は今関係ない。問題なのはそこにロックがいるかどうかだ」

コハクは頷く。

シエテのセーミ様の話はちょっと興味があるが、それは今度だ。

俺達は更に近づく。

ぼろぼろのドアを開けて教会の中に入る。

「けっ……結局ここまで来たか」

中にロックがいた。

女神像に祈りを捧げていたロックは俺達に振り向き、聞き慣れた悪態をついてきた。

「せっかく見逃してやったのに、のこのことここまで出向いてくるなんてよお」

「ロック・ネクサス。お前の目的は一体何だ」

「あん?」

「冒険者を利用して、賞金稼ぎを巻き込んで。あんなブレスレットを大量につくって何をするつもりなんだ」

「けっ」

また悪態をついて、ブレスレットを一つ取り出すロック。

俺達は同時に身構えた。

ロックは俺達をあざ笑うかのように、教会にまつられてる女神像にブレスレットを捧げた。

知らない顔の女神像、コハクがいうシエテってやつか。

輝くブレスレットは女神像に吸い込まれていった。

それを見た瞬間、なんとも言えない、悪い想像が頭を駆け巡った。

「まさか……シエテの復活？」

それを代弁してくれたのはコハクだった。

ロックはにやりと口角を持ち上げた。

「けっ、だとしたらどうするよ」

「なんでそんな事をするの!?　シエテを復活させてなんのメリットがあるというの！」

コハクがは叫んだ。

シエテの事は知らない、復活したところで何がどうなるのかも分からない。

けど、一つだけは分かる。

あのブレスレットは人の「苦痛」をすって輝いてる。

それを使って復活をもくろむなんて——シエテとやらはまともじゃない。

それがコハク――サローティアーズ王国王女としての彼女の考えだろう。

「この世界はぬるすぎる。女神セーミの加護を受けたこの世界はぬるすぎるんだよぉ！」

ほとんど絶叫する勢いで叫ぶロック。

「セーミになってからこの世界はぬるま湯に浸かったようなもんだ。そんなんじゃつまらん、刺激がたりないんだよお。俺はなあ、シエテ様が示した争いと苦痛に満ちた世の中がほしいんだよ」

「争いと苦痛？」

「そおおおだあああ！」

ロックは更にブレスレットを取り出した。

輝くブレスレットにほおずりして、ヘビのような舌でなめ回して。

ガリッ、とかみついた。

いっちゃってる目でうっとりした。

「ああ、いい……。いいぞお、これだ……この苦痛こそがこれこそが世界で一番甘美な味だ」

「ひぃ」

サヤカが怯えた。

「今はこうしてあつめにゃならんが、シエテ様が復活した暁には、この世は全て苦痛に染め上げられるのさ」

「そんなのはどうでもいい」

これまで、黙って聞いていた俺が口を開いた。

そう、どうでもいい。

ロックが何を企んでようと、そんなのはどうでもいい。

「どうでもいいだあ？」

「そうだ。今日は落とし前をつけに来ただけだ」

ルナを見る、背中を押して一歩前にだす。

「お前の目的とか世の中とか今は関係ない、ルナを悲しませた落とし前をつけに来た。それだけだ」

「……はっ！」

ロックは一瞬きょとんとして、それから楽しげに嗤った。

「いいぜ、いいぜえ。てめえハードといったか」

「覚えてもなかったのか」

「ただのFランで、偶然手に入れた奴隷でいい気になってるだけかと思ったら、そこそこの男じゃねえか」

「……」

「ふ、ふふ、ふふくけぎゃーはっははは！」

ロックは天を仰ぎ、狂ったかのように大笑いした。

「いいぜえ、いいぜえええええ！　きにいったぞお前、お前の苦痛を俺にも味あわせろ」

いっちゃってる目で俺をみた。

ホモに尻を狙われた、そんな気分になった。

「させないから」

「ご主人様はあたしたちがまもる」

サヤカとコハクが俺の前にでた。

「けっ、お前らか。お前らの弱点はもうわかってんだよ。何回クエストをやらせたと思ってる？」

「なんだって⁉」

「そうら！」

ロックは持ってるブレスレットを握りつぶした。

輝くブレスレットの破片が光になって、その一粒一粒がモンスターになった。

「これって……動かザル？」

「……の、メタル版？」

驚愕するサヤカとコハク。

動かザル、そしてメタルモンスター。

どっちも、サヤカとコハクが苦戦したタイプだ。

それが、ざっと数えて二十匹を超えてる。

「しってるぜえ、お前らはこういう弱くて固いのに弱いんだろ」

「うぅ……」

「くっ」

「俺様の見立てじゃお前ら、こいつらに手も足もでねえだろ。それ」

ロックの号令でメタル動かザルが一匹飛んで来た。

カウンターパンチを放つサヤカ、氷の矢で迎撃するコハク。

サヤカのパンチが「グギッ」って音を立てて、氷の矢ははじかれて粉々になった。

二人はとっさに避けた、なんとかダメージはない。

「けっ。けけけ、ぐけけけけけ！」

高笑いするロック。

自分の分析によってだしたモンスターが効果的な事で喜んでるみたいだ。

「ごめんなさいハードくん」

「どうしましょうご主人様」

二人は俺の横に来て、見あげてきた。

そんな二人の頭を撫でてやってから、ルナにいう。

「ルナ、やろうか」

「うん」

静かにうなずくルナ、アホ毛が不割りを揺れる。

彼女と手をつないだ。

静止した世界の中、ルナと二人でメタル動かザルを一匹ずつ倒していく。

ナイフで少しずつ削っていって、半分くらい削ったところで体重を掛けてテコの原理でへし折る。

ナイフとメタル動かザルの力関係は、まるで石の斧と木のようなものだった。

一体につき、約一時間。

止まった時間の中で約一日をつかって、動かザルを全滅させた。

二十四体全部倒した後、手を離す。

「——なっ！」

驚愕するロック。

「何があった！　この一瞬で」

ロックの目には、一瞬のうちに手下のモンスターが全滅したに見えたようだ。

「けっ、なんかの間違いだ！　こんなの――」

ロックはブレスレットを取り出した。

ルナと手をつないだ。

ゆっくりと近づいて、完全に止まってるロックの手からブレスレットを取り上げる。

そして元の場所に戻ってきて、手を離す。

「――もう一回呼び出して、ってない！」

手元からブレスレットが消えたことに驚愕するロック。

「探してるのはこれ？」

「ばかな、いつ奪った！　ルナ・クレイドル！　お前のスピードは把握してる。今の俺様なら目で追える程度だったはずだ」

「そうかもね」

「なんかの間違いだ！　なんかの――」

更にブレスレットを取り出す。

ルナと手をつないだ。

ゆっくりと近づいて、今度はナイフで手首ごと切りおとしてブレスレットを奪った。

元の場所に戻ってから手を離す。

「――間違いだうぎゃあああ！」

手を押さえてうずくまるロック。

手首から血が噴き出している。

時間停止で奪ったついでにナイフでバサッと切ってきたからだ。

「馬鹿な、どういう事だ……何も見えなかったぞ」

「……」

「けっ、この俺――」

ルナと手をつないだ。

今度はブレスレットを奪うついでに目球をえぐり出した。

えぐった目を捨てて、手を離す。

「――様があああああ！」

絶叫と共に顔を押さえて、転げ回るロック。

まだまだ、まだルナの気が晴れていない。

横顔がそう物語っている。

もっとやりたい、もっと苦しませたい。

ルナの顔がそう物語っていた。

俺は、彼女の好きなようにさせた。

☆

停止した時間の中、ルナは百一回目のナイフをロックの心臓に突き立てた。

後半はもう命乞いだった。

何も出来なくなったロックにトドメをさして、ルナは、全身が脱力した。

手をつないでる俺はとっさに倒れそうになる彼女を抱き留めた。

「大丈夫かルナ！」

「うん……ごめんねハードくん。嫌なところを見せて」

「気にするな。一回目の時間停止で動かザルをスルーしてロックを殺そうとしたのを止めて、こんなことを提案したのは俺だ」

そう、提案したのは俺だ。

一撃で殺すより、たっぷり恐怖を与えてから殺した方がルナもすっきりするんじゃないかって思ったからだ。

実際そうなりそうだった。

ひと思いにやってしまったら空虚感が残ってしまうかも知れなかった。

でも、こうしたことで、後半は誘導して、命乞いするロックから謝罪——ルナの仲間に対する謝罪を引き出せた。

それを聞いたルナは涙を流した、そして、少しずつ怨念が解放されていった。

最後には「ひと思いに殺せ」と哀願するロックの心臓にナイフを突き立てた。

これで、終わりだ。

ルナは俺にしがみついて啜り泣いた。

しばらく泣いた後、涙を拭って顔をあげた。
目を泣きはらしているが、
彼女らしい、明るい表情に戻っていた。
それをみて、俺は彼女の復讐完了を確信した。

24. 三人の奴隷vs三つの首

エルーガの宿屋。

朝起きた俺の前にサヤカとコハクがいた。

「着替えですご主人様」

「ハードさんパジャマ、持っていきますね」

奴隷にお世話をしてもらう寝起きにもすっかり慣れた。

パジャマを脱いで渡して、代わりに受け取った服を着る。

着替えながら部屋の中をきょろきょろ見回す。

サヤカがいる、コハクもいる。

ルナはいなかった。

「ルナは？」

「あそこにいるよ」

コハクは窓の方を指さした。

窓の向こうに見える、逆さまにぴょこぴょこしている二本のアホ毛。

まるで体の一部（毛も体の一部だけど）のようにぴょこぴょこ動く見覚えのあるアホ毛。

ルナのものだ、間違いない。

服をちゃんと着てから、窓の方に行って、がばっと開ける。

上を見る、ルナがコウモリのように軒下にぶら下がってるのがみえた。

「おはようルナ」

「お、おはようハードくん」

「どうしたんだそんなところに。中に入ればいいのに」

「いつ入ったらいいのか分からなかったから」

「出来れば俺が起きる前がいいな。目が覚めた時に大事な奴隷達の姿が見えると幸せだから」

「――っ！　う、うん！　じゃあ明日からそうする」

「それよりもなんでそんなところにいるんだ？　いつ入るのか分からないなら、廊下にいないか普通は？」

「昨夜は屋根の上でねてたから、そのまま、ここにいたんだ」

「屋根の上？　待て、ルナにも部屋をとってやっただろ」

そう、ルナにも部屋をとってやった。

ヘルプ先の宿屋だけど、そこはご主人様の甲斐性が試されるポイントだから、奴隷全員に個室を取ってやった。

サヤカとコハクはもちろん、新入りのルナもだ。

なのに屋根の上で寝た？

「うん、昔からそうだったよ。屋根の上とか、裏通りとか。あっ、橋の裏っ側は雨も凌げるしつかまる場所が多いから楽――」

「ルナ」

俺は真顔で、まっすぐルナを見つめた。

途中まで言いかけたルナが身をすくませる。

「な、なに」

「これからはちゃんと部屋で寝るように。宿屋もそうだけど、家にもどったらちゃんと部屋があるから、そこで寝るようにしろよ」

「ルナ、外でも平気だよ？　あっでも、屋根裏とかもらえたら――」

「それはダメだ」

きっぱり却下した。

これまでのルナがどういう生活をしてきたのか分からないけど、俺の奴隷になったからにはそれは許さない。

「ど、どうして……？」

「そんなところで寝かせたら、部屋も用意出来なかったのにムリして奴隷をふやしただめご主人様にみられてしまう。だから部屋でねろ」

「でも……」

「どうして部屋がいやなのか？」

もしそうなら別の方法を考える。

屋根裏ってさっきいったっけ。

ならタイラー・ボーンに依頼して、増築してルナ専用の屋根裏を作ってもらう。

増築をどの程度注文つけられるのか分からないけど、屋根裏部屋くらい普通に作れるだろう。

そう思って聞いたが、ルナはすぐに否定した。

「いやじゃない！　ただ、ルナにもったいないなって」

「もったいない？　それは思い違いだぞルナ」

「え？」

「奴隷になったらご主人様が指定した部屋で寝るのが義務なんだ。もったいないとか思うのはおかしい」

「おかしい、の？」

「ああおかしい」

「普通の部屋、温かい部屋で寝るのに……義務？」

「ああ、俺の奴隷の義務だ」

きょとんとするルナ、なんできょとんとなるのか分からないけど、俺の考えは変わらないからルナをまっすぐみた。

しばらくして、ルナはおずおずとうなずいた。

うん、これで良し。

☆

ギルド『勝つためのルール』。

営業再開したギルドの中。

前よりちょっと活気が減ったけど、その分みんな落ち着いてる。

前は格上のクエストに挑戦しようとして、ランキングをあげようとしてみんなギラギラしてて、ちょっと危なっかしい感じがしてた。

今は格上挑戦もランキングも廃止されて、雰囲気が落ち着いた。

ロックの代わりに派遣されたギルマスを遠目に、俺とサイレンさんが入り口近くで眺めていた。

「ひとまずは一件落着だね」

「そうなんだ」

「ロックの死体は回収できたよ」

サイレンさんが真顔で言った、つられて俺も真顔で彼女を見る。

「ぐちゃぐちゃだったよ。体がばらばらになってたのもそうだけど、顔がさ、涙とよだれでぐっちゃぐっちゃで情けない顔になってた。ロックをしってる人が本人確認に立ち会ったけど、その顔のせいで別人なのかを疑ったくらいだよ。こんな顔をするヤツじゃないって」

「あはは……」

「ハード、あんた何をやったの？」

何をやった、か。

とことんやっただけだ。

ルナの『ちーと』を使った、時間停止の能力をつかって、ロックが何をしようとしても、やった瞬間につぶしてた。

それを延々と繰り返してたら、ロックが絶望していっただけの話だ。

ルナの希望を汲んで、楽には死なせない。

そう思ってやったことだ、まわりから見てもそうならやった甲斐があったってもんだ。

サイレンさんがいつまでも視線で「何をやったの？」って聞いてくるから、適当に応えてやった。

「いろいろやった」

「いろいろねえ。なんか、あんたを敵に回さない方がいいって気がしてきた」

「その言葉をそっくりお返しします」

サイレンさんにだけ言われたくない。

俺がまだ微妙に敬語使ってしまうときがあるのもそれだ。

旦那さん（？）を晴れやかな笑顔で折檻するサイレンさんがものすごく怖い。

敵に回さない方がいい、間違いなくそういう人だと強く思ってる。

「まあいいわ。何はともあれ」

サイレンさんは俺に体ごと向いた。

右手を差し出してきて、握手を求めた。

「ヘルプお疲れ様。予定と違う結末になったけど、このギルドの人手不足は完全に解消された。ありがとう、ご苦労様」

サイレンさんの出した手を握り返した。

これで、エルーガの事件は完全に解決したのだった

☆　side???　☆

大陸某所。

男が二人、女が一人。

年齢も格好も、喜怒哀楽の表現も。

全てがばらばらの三人が集まっていた。

「今日呼び出したのはなに？」

「ロックがやられた」

リーダー格の中年男が重々しく切り出す。

それに女が目を剥《む》き、不気味な男の気配が揺れた。

「なんですって？　あのロックが」

「ああ」

「嘘よ！　だってあいつ、シエテ様の力に一番近いヤツだったのよ？　それにペインの収集も上手くいってたじゃないの」

「ああ」

「なのにやられたの？　しんじらんない！」

「……愉悦」

不気味な男がつぶやくように言う。

口数が少ないおとこだが、その分、放つ言葉は常に芯を捕らえている。

「そうだ、ロックはもっともシエテ様のお考えに近かった男だが、自分の趣味に耽溺する一面もあった。それをつかれたのだろう」

「あのバカ」

「対象」

「それがな……」

リーダー格の男の口は更に重くなった。

何かものすごく言いにくそうにしているようす。

「なによ、ロックをやった相手ってそんなに言いにくい相手なの？　――まさかシエテ様の逆鱗に⁉」

「いや、そうではない。やったのは……ノードを倒したのと同じヤツだ」

「なんですって」

再び驚く女、不気味な男も更に気配が揺れる。

「ハード・クワーティー。それがロックと……ノードをやった男の名前だ」

「なんかパッとしない名前ね」

「油断」

「知ってるわよ。名前に文句つけるくらいいいじゃないの。あんただって名前だけでいったら最低のクソそのものじゃん」

「……」

暗に力は認めているという話の流れだが、不気味な男は眉をひくりとさせた。

それに気づいているのかいないのか、女は更に続ける。

「そいつ、どういう人間よ」

「公認ギルドのFランク冒険者らしい」

「はあ？　なにそれ、Fランクの冒険者？　なんでそんなのがノードやロックをやれるのさ」

「わからん。ロックがやられたのが意外過ぎてな。今調べさせてるところだ」

「泥縄《どろなわ》じゃないのよ！」

「……受諾」

不気味な男が立ち上がった。

「やってくれるのか」

「へえ、意外じゃない。あんたが何もいわれないで進んでやる気になったのって」

不気味な男は答えず、その場から消えるように立ち去った。

残された二人、それぞれ違う感想を抱いた。

「相変わらず不気味で陰気なヤツな」

「そういうな。ヤツがやる気になってくれたのだ。正体を突き止める――いやそれ以上の事を期待していいだろう」

「そうね。ノードとロックはやられたけど、流石にあいつまではやられる事はないからね」

男が消えたそこで、二人は、一様に安堵《あんど》の表情を浮かべていたのだった。

それが不気味な男に対する信頼であり。

油断、でもあった。

☆ side??? 終 ☆

プリブ郊外。

一つ星ギルド『ラブ&ヘイト』で受けたFランクのクエスト。

最近出没する様になった魔物、ケルベロチューの退治。

俺は奴隷三人を連れてそれをやるためにやってきた。

Fランクの依頼にしたのは、奴隷に加わったばかりのルナの歓迎会をかねて、なじませるという意図からだ。

楽なクエストをやって、ご主人様と奴隷の仲を深める、という狙いである。

「あの……ハードさん。ケルベロチュー……ってなんですか?」

「キモイ」

俺は端的に答えた。

「ええええ!? き、キモイんですか?」

「ああ、キモイ、とにかくキモイ」

「確かにあれは気持ち悪いね。ご主人様はそれ以上に害があるし。わたしたちはただ気持ち悪いですむけど」

「しってるよルナ。ケルベロチューって首が三つに腕が六本の魔物でしょ」

「えええええ⁉」

更に驚くサヤカ。

「おっ、噂をすればなんとやらだ」

離れたところにケルベロチューが出現した。

「あれって……オカマ？」

「そう、オカマ。首が三つに腕が六本のオカマ。口がメチャクチャ口紅で赤いだろ？　あれで男をにメチャクチャキスするんだ。この後メチャクチャキスした、ってナレーションが聞こえる位キスするんだ」

「うぇ……」

「しかもベロチュー」

「うぇ……あっ、だからケルベロチューなんだ」

「まあでもそれだけだ。キスをするだけでそれ以上の事は何もしない。害も……まあ精神的なものだけ。首が三つだから三倍だけどな」

「だからFランクなんだ……」

「そういうこと」

納得するサヤカ。

「さ、やろうか」

サヤカ、コハク、ルナに向かって言う。

三人はうなずいた。

クネクネしながら俺に向かってくるケルベロチューに戦意を剥き出しにした。

次の瞬間、ケルベロチューがつぶれた。

地面からニョキって出てきた何かにつぶされた。

……前足？

「ど、どうしたの？」

「あれは……魔物？」

「毛がふさふさだ――でも……うぅ、なんか見ただけで寒気がするよ」

三人がそれぞれ反応した。

地面からにょきっと出たあと、更に巨大な物体が続けて地面を割って出てきた。

見あげる程の巨体、辺り一帯が真っ暗になるほどの巨体。

まがまがしいオーラを放つ、三つ首の魔犬。

エンシェントモンスター、ケルベロスだ！

「どうしてケルベロスがこんなところに!?」

「け、ケルベロス？　やっぱりこっちもあったんだ」

「うぅ……ルナ震えが止まらないよ」

ケルベロスが現われるのは予想外だ。

ケルベロチューならFランククエストですむが、ケルベロスだとSSランクになる。

正直事故レベルだ。

「どうするハードさん」

「ご主人様の仰せのままに」

「う、ルナも頑張る」

三人の奴隷が俺をみた、俺の決断をまった。

地獄の番犬ケルベロス、確かに強いかも知れないが。

「倒そう」

「うん！」

「わかりました」

「ハードくん、手をつなげる様にしておくね」

俺が決めると、怯えが一斉にすっ飛んだ三人。

そんな三人の奴隷を引き連れて、ＳＳランクのエンシェントモンスターをぶち倒す。

凶悪な魔物だが、苦戦はしない。

これが今の俺たちの——俺のちから。

三人の奴隷をみて、俺は満足すると共に。

次の奴隷はどんな子なのか、と思いをはせるのだった。

あとがき

皆様初めまして、あるいはお久しぶり？

台湾人ライトノベル作家の三木なずなです。

この度は拙作『チートを作れるのは俺だけ～無能力だけど世界最強～』を手に取って頂きまして誠にありがとうございます。

本作は「戦闘力皆無だけど、奴隷にした子たちにチート能力を与える事ができる」主人公の話です。主人公のハードは戦う事は出来ません、多分この先もずっと最弱のままでしょう。そのかわり彼の奴隷になる女の子達はみんな最強のチートをもらって、みんなでハードのために健気に戦う。

その結果ご主人様であるハードはいろんな事件を解決し、時には名声があがって、時には多額の報酬を手に入れて、時には新たないい子を奴隷にしてファミリーが拡大していく。

本作はそんな物語でございます。

このコンセプトを軸に物語が展開していきますので、是非お手にとって頂き、ハード一家の成り上がりを共に見守って頂ければ幸いです。

ここで謝辞。

素晴らしく、そして緻密なイラストの数々を描いて下さった黒野菜様。

作品をとりまとめ、書籍という形にしてくださった高倉様、南部様。
書籍化を実現させてくださったＴＯブックス様。
そして、本作を手に取って、読んで下さった読者の皆様に。
心より、御礼申し上げます。
続きを皆様にお届け出来る事を祈りつつ、筆を置かせて頂きます。

二〇一七年九月某日　なずな　拝

三木なずな／イラスト★黒野菜
チートを作れるのは俺だけ
～無能力だけど世界最強～2
発売予定！

新たなる奴隷現る――
2018年

歴史好きの現代日本人が
戦国時代の領主に転生！
新作予告
若かりし頃の
上杉謙信
織田、徳川、
豊臣、上杉… 朽木？？
弱小領主が挑む…
戦国大河浪漫譚!!
淡海乃海
水面が揺れる時
～三英傑に嫌われた不運な男、朽木基綱の逆襲～
著者：イスラーフィール　イラスト：碧風羽

©クリスタルな洋介／小学館
10月アニメ放送開始
「お酒は夫婦になってから」
の作者がライトノベル作家デビュー！
…まだ起こしちゃダメですよ？
し〜……♪
小説家になろう発
眠れる勇者のファンタジー！
2作品
11月10日
一挙発売!!
村人Aはお布団スキルで世界を救う
〜快眠するたび勇者に近づく物語〜
著者：クリスタルな洋介　イラスト：kaworu

少しは成長した
第一部 兵士の娘
第二部 神殿の巫女見習い

・・・かな？
第三部 領主の養女
空白の2年間を経て、
ついに目覚めたローゼマイン。
新章の舞台は貴族の学校！
本好きの下剋上
司書になるためには
手段を選んでいられません
第四部 貴族院の自称図書委員I
寝すぎて、う、うごけない…
香月美夜
miya kazuki
イラスト：椎名優
you shiina
2017年12月9日「ふぁんぶっく2」と2冊同時発売！
TOブックス・オンラインストアにて予約受付中！
第2回「集まれ！本好き！」人気キャラクター投票 公式HPにて開催中！
(2017年9月8日～10月9日)
わたし、今度こそ1位!?
詳しくは「本好きの下剋上」公式HPへ！
http://www.tobooks.jp/booklove

祝「本好きの下剋上」3周年！
本好きの下剋上 ふぁんぶっく
単行本未収録キャラクター設定資料集ほか、
香月美夜先生、椎名優先生、鈴華先生の豪華
書き下ろし収録!!
体裁:B5サイズ 頁数:64頁 定価:1,500円（税抜）
ローゼマイン工房紋章キーホルダー
香月美夜先生自らデザインを考案！ 重厚な
金属製がお洒落！
仕様:ストラップ付き／金属製 色:ニッケル
サイズ:3 cm × 3 cm の円形 定価:600 円（税抜）
好評発売中！
が
詳しくは「本好きの下剋上」特設サイトへ！
http://www.tobooks.jp/booklove/

TOブックス・
オンラインストア
限定企画
続々登場!

チートを作れるのは俺だけ～無能力だけど世界最強～

2017年11月1日　第1刷発行

著　者　三木なずな

協　力　つかさ誠

発行者　本田武市

発行所　TOブックス
〒150-0045
東京都渋谷区神泉町18-8　松濤ハイツ2F
TEL 03-6452-5766（編集）
0120-933-772（営業フリーダイヤル）
FAX 03-6452-5680
ホームページ　http://www.tobooks.jp
メール　info@tobooks.jp

印刷・製本　中央精版印刷株式会社

ISBN978-4-86472-620-7